51
Lb 3066.

# LES PRINCIPES
## ET
# LES HOMMES

Par Ernést DESMAREST,

AVOCAT.

---

**PREMIÈRE PARTIE.**

DE L'ÉTAT ACTUEL DE LA SOCIÉTÉ.
DE LA PRESSE.
DE L'INSTRUCTION PUBLIQUE.
DE L'ORGANISATION DES CLASSES OUVRIÈRES.

PARIS,

DELAUNAY, libraire, Palais-Royal.

—

AVRIL 1840.

Pour paraître incessamment :

LES PRINCIPES ET LES HOMMES. — 2ᵉ partie : *De la propriété.* — *Des banques.* — *De la réforme électorale.* — *Des partis et de leurs chefs depuis* 1830.

—

On trouve chez le même libraire :

DE CONSTANTINE ET DE LA DOMINATION FRANÇAISE EN AFRIQUE,

Par *E. Desmarest* et *H. Rodrigues.*

# LES PRINCIPES

ET

# LES HOMMES.

---

### DE L'ÉTAT ACTUEL DE LA SOCIÉTÉ.

Ceci n'a pas la prétention d'être un livre complet; ces quelques pages ne doivent être considérées que comme un préambule. Le titre promet donc plus que l'œuvre elle-même ne compte tenir, du moins aujourd'hui; mais j'ai choisi un titre compréhensif pour me réserver un cadre étendu que je puisse remplir par d'autres brochures. Je ne me flatte pas d'obtenir une grande publicité, et je n'ai pas assez de présomption pour me consoler en jugeant moi-même mon travail digne d'un succès que je n'ose me promettre. Une brochure signée d'un nom inconnu a peu de chances de trouver des lecteurs. Dans ce grand torrent d'idées que chaque jour emporte, il faut beaucoup livrer aux flots avant que rien ne surnage, je le sais; et en courant les hasards d'une publication isolée, je ne me suis pas fait illusion, mais j'ai cédé à l'entraînement qui m'attire vers l'étude des questions politiques.

Mon opinion est que nous sommes à la veille de voir se réaliser en France de graves changemens dans les lois politiques, dans les lois civiles, et surtout dans celles qui touchent à l'organisation du travail.

Je n'ai pas du reste la prétention de formuler d'avance et d'une manière absolue le programme de l'avenir : la tâche que je me propose est plus modeste ; je voudrais seulement, à l'aide de l'histoire et de l'induction, rechercher les tendances probables du mouvement qui nous entraîne. Mon vœu le plus cher serait que notre génération, éclairée par l'exemple du passé, sût prévenir les révolutions qui ont jusqu'à présent marqué les pas de l'humanité. Puissions-nous trouver les avantages des réformes en évitant les écueils des tourmentes politiques !

Inquiétude générale dans les esprits, prédications hardies des doctrines les plus subversives de l'ordre social actuel, retour périodique des attaques à main armée contre le pouvoir, tels sont les symptômes que présente à l'observateur la France, depuis la révolution de juillet. Dans ces symptômes, faut-il reconnaître une preuve d'incorrigible versatilité de la part de l'esprit humain ; ou faut-il y pressentir l'impatience légitime d'intérêts sérieux qui ont droit à une satisfaction, à des garanties trop longtemps refusées ? En d'autres termes, subissons-nous encore le contre-coup affaibli de nos longs troubles politiques ? ou bien le sol tremble-t-il à l'approche de nouvelles secousses ? Tel est l'état de la question qui s'agite aujourd'hui et que je me propose d'examiner.

En effet, dans l'ordre des faits politiques, comme dans l'ordre des faits naturels eux-mêmes, il peut arriver quelquefois que des signes menaçans se montrent et disparaissent à l'horizon, sans que les tempêtes dont ils semblent le présage viennent ensuite à éclater, mais souvent aussi les lueurs menaçantes s'illuminent d'un éclat plus vif, les murmures lointains se rapprochent et la foudre tombe..... Sachons donc d'abord si notre horizon politique est véritablement menacé de nouveaux orages, et tâchons de les conjurer quand nous ne pourrons plus douter de leur approche.

Je dis qu'une réforme sociale et politique à la fois est imminente en France, et la première preuve, selon moi, qu'on puisse en donner, c'est que tout le monde s'y attend. Cette réforme, les uns la craignent, les autres l'appellent de tous leurs vœux ; ceux-ci veulent l'accomplir lentement et par des moyens légitimes, ceux-là veulent l'improviser en quelques heures par un coup de main. Mais en somme il n'est pas un esprit élevé et réfléchi qui ne comprenne que quelque chose de nouveau s'agite dans les profondeurs de notre société. A la chambre élective, dans le public, dans les journaux, au milieu des salons, comme au sein de l'atelier, partout nos yeux seront frappés du même spectacle, partout nos oreilles seront frappées du même bruit. Nous trouverons partout le dégoût du temps présent, le mépris de la politique à courtes vues dont on nous sature depuis quelques années, et une tendance marquée vers une sphère d'activité nouvelle. La décomposition rapide des partis, la contradiction apparente des hommes et des systèmes sont bien la preuve que tous les esprits ne s'agitent que parce qu'ils cherchent une foi nouvelle dont ils ne sont pas encore sûrs. Parmi les hommes les plus modérés on rencontre souvent des hardiesses inattendues. En voulez-vous une preuve? La dernière crise ministérielle vous l'offrira. Quel était le représentant du parti qui s'est posé comme conservateur par excellence? M. de Lamartine. Eh bien, il ne faudrait pas fouiller bien loin dans son passé pour y trouver l'expression des vues les plus hardies et des sympathies les plus libérales. Le même orateur qui ne voulait pas accorder récemment à M. Thiers un vote de confiance, parce que ce dernier portait suivant lui le pouvoir trop à gauche, le même orateur s'écriait, dans une autre occasion :

« Regardez autour de vous; regardez à quelques années en avant de vous. Où en sommes-nous ; où allons-nous? Dans quelle situation sans issue nous retournons-nous depuis deux ou trois ans? Quelles montagnes de difficultés ajournées ne s'accumulent pas sur notre route? La confiance renaît-elle dans les cœurs? Respectons-nous six mois ce que nous-mêmes nous avons voulu et créé? Le pouvoir pousse-t-il des racines? La démocratie, notre seul élément, prend-elle un esprit public et des mœurs gouvernementales? S'organise-t-elle? se modère-t-elle? se donne-t-elle à elle-même ses conditions vitales de puissance et de durée ?

Y a-t-il enfin un horizon pour quelqu'un dans notre ténébreux avenir politique? Non, tout tremble dans les esprits, tout tremble dans le pouvoir, tout tremble dans le sol, et les générations qui se pressent viennent ajouter chaque année un flot nouveau à l'océan d'agitation et de doute qui menace d'engloutir, non pas seulement les gouvernans, mais la société.

» Eh bien, à tout cela, s'il y a un remède, il n'y en a qu'un, un remède héroïque, le remède des grands hommes aux prises avec l'impossible. Un soudain et hardi déplacement des questions mal posées, une puissante diversion nationale imprimée aux esprits qui se pervertissent dans l'inaction, une impulsion forte et longue vers les grandes entreprises au dehors. Notre salut n'est plus aujourd'hui que là; il y a longtemps que je vous le dis; nous manquons d'air : donnez-nous en. »

Éloquentes paroles, sans doute! mais trop empreintes dans la conclusion de l'intérêt particulier du débat où elles étaient jetées. Il s'agissait du rôle que la France était appelée à jouer dans la question d'Orient.

Je ne crois pas, pour ma part, que la France doive sortir de son apathie par une grande impulsion vers les entreprises du dehors. J'essaierai même de prouver qu'elle a une autre mission à remplir. Si la démocratie ne prend pas un esprit public et des mœurs gouvernementales, c'est un malheur. Mais parce que l'œuvre s'accomplit lentement, faut-il renoncer à l'espoir qu'elle s'accomplira un jour? Non, sans doute. Ah! plutôt que de recommencer les croisades et de lancer l'Europe sur l'Asie, unissons tous nos efforts pour venir à bout de cette grande tâche que nous ont léguée 89 et 1830, l'organisation de la démocratie. Je n'ai donc pas cité cette magnifique boutade pour y chercher la première assise d'un système à édifier, mais pour faire voir précisément qu'il n'y a aujourd'hui aucun grand système en circulation; pour montrer, dans la bouche d'un homme qui n'est pas suspect de tendances anarchiques, la condamnation de ce qui existe et l'invocation d'une politique radicalement nouvelle.

Nous venons d'interroger sur l'état de la société une de ces intelligences élevées qui brillent à sa surface. Voulons-nous maintenant sonder les replis de ces esprits orageux, actifs et entreprenans qui s'agitent au fond de notre ordre social? Quelles illusions conduisent dans les rues les hommes qui viennent livrer bataille au gouvernement? Au nom de quelles idées les entraine-t-on? Quelles tendances se dégagent de leurs réponses? Quel est le but qui ressort le plus clairement de la polémique follement subversive de ces journaux clandestins où la grossièreté de la forme met encore plus en saillie la hardiesse brutale des conceptions politiques? Dans la presse ultra-républicaine comme dans les professions de foi des hommes compromis dans les émeutes, on trouve l'invocation de changemens radicaux dans l'organisation sociale. A les en croire, ces hommes se sont dévoués à la pensée de hâter l'accomplissement d'une révolution sociale, qu'ils considéraient comme la suite de la révolution de 89. On a trop voulu voir en eux des criminels ordinaires. Ce sont des insensés égarés par des passions politiques. N'entassons plus de lieux communs sur la persévérance des factions; il faut voir dans leurs tentatives un symptôme grave contre une société trop exclusive. Tout le monde est mécontent de ce qui existe. Seulement, l'émeutier brutal et sans instruction voit la pratique de sa chimère au bout d'un canon de fusil dont son bras est armé : le philosophe poli et lettré caresse sa doctrine dans le silence du cabinet; il la force à se plier aux formes du style, ou bien il la laisse couler dans le moule hardi d'une chaleureuse improvisation.

Je n'entends pas, au reste, entreprendre ici la réhabilitation des émeutiers; j'aurai plus tard à m'occuper de l'influence des émeutes sur la société. On verra que si je ne partage pas la rage qu'inspirent à quelques esprits honnêtes mais faibles les tentatives à main armée contre l'ordre légal, je ne dois cependant être suspect d'aucune partialité pour les Antoine, les Lépide, les Octave de bas étage qui rêvent des bouleversemens sur le comptoir d'un marchand de vins. Qu'on y songe bien : dans la hardiesse des théories ou dans le découragement des esprits élevés, nous retrouvons les mêmes symptômes que dans l'audace des insurrections.

Dans un pareil état de choses, on est en droit de dire au pouvoir : lorsque dans un pays des doctrines ayant toutes une même tendance circulent parmi les classes élevées, dans le domaine de la pensée, des lettres et des journaux; lorsque ces doctrines ont eu dans les masses un retentissement assez fort pour y faire naître des séides et y créer un fanatisme à toute épreuve, alors le moment est venu pour les gouvernemens d'accomplir les réformes s'ils veulent éviter les révolutions. Combattons les partis quand ils viennent nous attaquer les armes à la main; c'est notre droit : mais cherchons s'il n'y a pas un fond de vérité dans ces doctrines qui inspirent à leurs adeptes un si criminel courage : c'est notre devoir.

Quand on regarde à la marche des choses humaines, on voit que dans tous les temps la vie des peuples est dominée par quelque grand principe dans lequel viennent se confondre tous les autres intérêts. Les peuples n'ont pas toujours conscience eux-mêmes du but vers lequel ils marchent, mais un guide invisible semble les y conduire. Deux grands mouvemens ont agité les peuples dans l'histoire moderne : le mouvement religieux qui est fini, le mouvement politique qui dure encore, mais qui, si je ne me trompe, est près de finir.

Si l'on eût dit au duc de Guise et à l'amiral de Coligny, qu'un temps viendrait où, sur cette même terre de France qui se couvrait d'armées, de troubles civils, de guerres sanglantes, de crimes affreux au nom de la religion, les querelles religieuses s'apaiseraient, qu'un temps viendrait où le protestantisme et le catholicisme vivraient l'un à côté de l'autre sans se combattre, un temps où l'intolérance ne serait plus seulement odieuse, mais ridicule, le duc de Guise et l'amiral de Coligny auraient eu peine à croire à un changement si complet des idées sous l'empire desquelles ils vivaient. Trois siècles de plus ont passé sur l'humanité, et nous ne retrouvons que des traces à peine sensibles des passions pour lesquelles se sont dévoués nos pères.

Si l'on eût dit à Camille Desmoulins et à Mirabeau qu'un temps viendrait où la réforme des prisons, c'est-à-dire le soulagement apporté aux misères de quelques individus flétris, paraîtrait d'une plus grande importance que la conquête de tel ou tel droit politique, ils n'auraient pas voulu le croire. La conquête des droits politiques était essentiellement l'œuvre du siècle dernier. Le nôtre a d'autres tendances, d'autres besoins à satisfaire. Beaucoup de cœurs pourtant s'entêtent dans les anciennes luttes, dans les vieilles rancunes. Pourquoi? Parce que les destinées futures de la société ne lui sont encore révélées que par une sorte d'instinct. La langue du nouveau progrès n'est pas faite. Nous sommes encore un peu sous l'empire des idées d'autrefois, encore beaucoup sous l'empire des mots d'autrefois. Il est d'observation que les mots survivent longtemps aux idées. De là beaucoup de méprises en politique, de là l'entêtement de certains partis, qui ne s'aperçoivent pas qu'après avoir été à la tête d'un mouvement, ils ne représentent plus rien de sérieux dans un pays, et qu'ils sont à leur tour les échos du passé. La France tient à la forme de son gouvernement : il serait insensé de vouloir la lui ravir; mais sûre de garder la liberté, elle ne peut s'immobiliser dans la contemplation de ce qu'elle a fait, et il se passe en ce moment en France quelque chose de semblable à ce qui eut lieu dans toutes les sociétés anciennes. L'histoire nous montre qu'au mouvement politique succède toujours un mouvement social. Le premier, le mouvement politique, prend le pas sur le second : mais le mouvement social ne tarde jamais à venir, quand l'autre est fini. Cela, du reste, est bien facile à expliquer.

A l'origine des sociétés, les masses se soumettent sans murmurer à un petit nombre d'hommes, parce qu'elles trouvent en eux aide et protection. Ce sont les faibles qui plient devant les forts. Ainsi se forment les aristocraties; d'abord adorés comme des protecteurs, les grands, corrompus par leur élévation même, se font bientôt haïr comme des tyrans. Aux guerres étrangères succèdent les guerres civiles. On se dispute d'abord pour des droits; c'est l'ère politique des révolutions : aujourd'hui nous tendons à en sortir. On combat ensuite pour des intérêts : c'est l'ère sociale des révolutions; la société française y est entrée depuis que le mouvement politique tend à décroître parmi nous. Qu'est-ce qui s'est passé à Rome? qu'est-ce que les plébéiens demandent d'abord à l'aristocratie? Ils lui demandent des droits politiques, ils veulent avoir des tribuns, participer au mariage légitime du patriciat, comme nous avons voulu en France être électeurs, éligibles, jurés. La misère était déjà grande à Rome à cette époque; l'inégalité de la répartition du bien-être social était déjà criante : cependant ce n'est pas de ce côté que sont portés les plus grands coups; les plaies dont un peuple souffre avant toutes les autres, ce sont celles de l'orgueil blessé.

Ce n'est guère qu'à l'époque des Gracches que la crise sociale est bien caractérisée dans Rome. Quels sont les griefs qui mirent, au cœur de ces nobles tribuns, leur fougue révolutionnaire ? Est-ce l'exhérédation politique du peuple ? Non, c'est sa misère. Ce qui les force à s'agiter, c'est la dureté des grandes familles patriciennes qui, possédant presque toutes les richesses de la république, ne songent qu'à accabler le peuple sous le poids de nouvelles dettes. Ce qui les force à s'agiter, c'est le spectacle de l'agriculture abandonnée dans toute l'Italie à des mains grossières et ignorantes, tandis que les riches se livrent dans Rome à toutes les fureurs des spéculations.

Reportons-nous à quelques années en arrière de nous, et voyons ce qui s'est passé en France. Une révolution a changé le principe du gouvernement. La souveraineté, d'après le point de départ de la Charte nouvelle, réside dans l'universalité du peuple. Le droit divin n'existe plus. Ce n'est là, si vous voulez, qu'une définition. Mais avec le temps, une définition dans l'histoire d'un peuple porte toujours ses conséquences, et les conséquences de celle-ci seront incalculables. Son premier effet a été d'augmenter dans les masses le désir du bien-être. Le peuple, voyant qu'il avait réussi à être libre, s'est demandé, se demande et se demandera chaque jour davantage, s'il ne pourrait pas être heureux. Et en effet, que sert sa part de souveraineté à l'ouvrier qui souffre et voit souffrir ses enfans? Que sont de vains droits quand le travail du chef ne donne pas toujours du pain pour la famille entière? Instincts grossiers! direz-vous, jalousie du pauvre contre le riche! Il est possible que le peuple ou plutôt ceux qui, dans le peuple, sont les plus malheureux et les plus exaltés, nourrissent l'espoir d'une spoliation matérielle des biens des riches dont le luxe contraste avec leur misère. Est-ce aux classes élevées, est-ce aux gouvernans à s'étonner de l'inintelligence de ces mauvaises passions, quand depuis un siècle les classes élevées et les gouvernans ont si peu fait pour instruire et moraliser le peuple? Au surplus, jamais ces instincts ne prévaudront dans la société. Un parti qui prendra pour cri de ralliement le mot *pillage* ne soulèvera jamais que quelques enfans perdus de la populace des villes. Il y a dans les gouvernemens une force de cohésion qui les protège contre d'aussi basses attaques, et la providence ne permettra pas à la barbarie de sortir ainsi du sein même de la civilisation pour l'étouffer. C'est un spectacle qui ne s'est jamais vu dans la durée de l'histoire. Mais en même temps que la logique des révolutions répandait dans les masses un désir de bien-être inconnu du peuple au moyen-âge, dans une sphère plus élevée, la science de l'économie publique faisait son apparition dans le monde. L'esprit humain, après avoir exercé sa liberté dans les questions religieuses — mouvement qui a produit la réforme — après avoir exercé sa liberté dans les questions politiques — mouvement qui a produit la révolution de 89, — l'esprit humain s'est mis à examiner la vie des peuples sous le rapport des richesses et du bien-être matériel, qui tient de plus près qu'on ne pense à la dignité morale.

Cet examen philosophique, appliqué aux conditions mêmes de l'existence sociale, a eu les mêmes résultats qu'il avait eus en religion et en politique. Beaucoup de préjugés ont été détruits, de prétendus principes, qu'un intérêt égoïste, appuyé sur l'ignorance, pouvait seul faire respecter, ont disparu. On s'est demandé ce que c'était que les richesses. Il a été reconnu que les esprits avaient été, à cet égard, dans une erreur complète, et qu'on avait pris pour des biens ce qui n'en était que le signe. On a étudié l'important problème de la distribution des richesses, et sous ce rapport, la science a donné le moyen de satisfaire les tendances de la foule; elle a prouvé que la guerre du pauvre contre le riche est juste dans son principe, si elle ne l'a pas toujours été dans ses moyens. La science a prouvé qu'il est possible d'enrichir les uns sans dépouiller les autres. Dans mon opinion, le bonheur d'un homme n'est pas nécessairement fondé sur le malheur d'un autre.

Je crois, au contraire, que le bien-être des diverses classes de la société s'enchaîne ; plus les petits sont à leur aise, plus les grands sont riches. Je ne vais pas pour cela jusqu'à nier la concurrence. J'admets la rivalité comme stimulant nécessaire, surtout dans une nation de trente millions d'hommes. Fourier, avec sa brillante imagination, a pu croire qu'en morcelant la grande société humaine en petites sociétés, on arriverait à diriger tous les efforts du travail, de manière à éviter les encombremens, les disettes, et à établir un rapport parfait entre l'offre et la demande, entre les besoins et les produits destinés à les satisfaire ; d'après lui, dans l'avenir, la rivalité d'homme à homme, la rivalité de nation à nation, qui existe aujourd'hui, changera complètement de caractère ; elle ne sera plus qu'une émulation pacifique sur l'excellence même des produits.

Mais c'est là ne tenir compte ni du temps, ni de l'espace, ni des passions de l'homme, ni des bornes de son intelligence. Pour que le rapport entre la production et les besoins fût toujours exact, il faudrait que le chef de la plus grande association que vous pourrez concevoir pût embrasser en un seul point de temps tous les rapports sociaux de l'univers. Il faudrait de plus qu'il pût à chaque minute communiquer sa pensée à tous les membres de l'association sur tous les points du globe. Quelqu'ingénieux que soient vos systèmes, vous n'arriverez jamais à exclure complètement de ce monde l'agent fatal, le hasard, dont il est possible, sans doute, de diminuer, mais dont on ne pourra jamais anéantir l'influence. En admettant la concurrence, je me borne à réclamer que la société s'organise de manière à pouvoir venir par de sages institutions au secours des vaincus dans la lutte industrielle. Par la concurrence, des forces se perdent, des individualités sont brisées ; mais, sans la concurrence, tout languit ; mieux vaut encore le trop plein que le néant.

Lorsque autrefois, en dépit de la raison et de la science, les esprits s'obstinaient à ne point séparer l'idée de richesse de l'idée des matières d'or et d'argent, on pouvait croire que les riches perdraient à mesure que les classes pauvres deviendraient plus aisées. Mais on sait aujourd'hui que la véritable richesse d'un état consiste dans le nombre de ses habitans et dans leur travail. La vraie richesse d'un royaume n'est pas dans l'or et dans l'argent, elle est dans l'abondance de toutes les denrées; elle est dans l'industrie. Ce n'est point l'argent qui enrichit un royaume, c'est l'esprit, j'entends l'esprit qui dirige le travail; car être riche, c'est jouir : « Je suis aussi riche, avec cinquante mille livres de rente, dit Voltaire, quand j'achète la livre de viande quatre sous, qu'avec cent mille quand je l'achète huit sous, et le reste à proportion. »

Il suffit donc que les produits naturels soient assez abondans dans un pays, pour que tout le monde puisse y vivre, et que les arts nécessaires ne manquent jamais de matières premières : le reste dépend du travail et de la distribution. Si le travail est actif, si la distribution est habile, la masse des jouissances s'augmentera proportionnellement pour tout le monde : l'inégalité n'en subsiste pas moins, car c'est une loi de nature, indispensable d'ailleurs au progrès, en ce sens que, sans l'inégalité, il n'y aurait plus d'émulation; mais en regardant les deux termes de cette chaîne immense de positions et de fortunes diverses qu'on appelle la société, plus la position de celui qui est placé sur le dernier échelon est supportable, plus est brillante la situation de celui qui est placé sur l'échelon le plus élevé; plus l'aisance des petits sera grande, plus leur intelligence à produire, plus leur activité dans le travail s'accroîtront, et en même temps le nombre des objets de consommation. S'il est absolument impossible que tous les membres d'un état soient propriétaires fonciers, il n'y a rien d'invraisemblable à ce que le plus pauvre de l'association ait un petit capital. L'objection que le numéraire ne suffirait pas ne serait pas grave. Le numéraire n'étant qu'un signe, sa valeur changerait, ou on y suppléerait par d'autres valeurs représentatives, si les biens réels croissaient dans une telle proportion que l'or et l'argent ne fussent plus suffisans à leur circulation : « Quand même la quantité d'ar-
» gent n'aurait point augmenté dans le royaume depuis Hugues-
» Capet, si l'industrie s'est perfectionnée dans la proportion de
» un à cent, on est aujourd'hui cent fois plus riche que du temps
» de Hugues-Capet : le moindre bourgeois jouit d'une maison plus
» aérée, mieux bâtie que n'était celle de Hugues-Capet lui-même;

» on a mieux cultivé les vignes, et nous buvons de meilleur vin;
» on a perfectionné les manufactures, et nous sommes vêtus d'un
» plus beau drap; l'art de flatter le goût par des apprêts plus fins
» nous fait faire tous les jours une chère plus délicate que ne
» l'étaient les festins royaux de Hugues-Capet. S'il se faisait trans-
» porter, quand il était malade, d'une maison dans une autre,
» c'était dans une charrette; les riches se font porter aujourd'hui
» dans des carrosses commodes et agréables, où l'on reçoit le jour
» sans être incommodé du vent. Il n'a pas fallu plus d'argent dans
» le royaume pour suspendre sur des cuirs une caisse de bois
» peinte: il n'a fallu que de l'industrie, et ainsi du reste. On pre-
» nait dans les mêmes carrières les pierres dont on bâtissait la
» maison de Hugues-Capet et celles dont on bâtit aujourd'hui les
» maisons de Paris. Il ne faut pas plus d'argent pour faire une
» maison agréable que pour construire une vilaine prison; il n'en
» coûte pas plus pour planter un jardin bien entendu que pour
» tailler ridiculement des ifs et en faire des représentations gros-
» sières d'animaux. Les chênes pourrissaient autrefois dans les
» forêts, ils sont façonnés aujourd'hui en parquets. Le sable res-
» tait inutile sur la terre, on en fait des glaces. »

Ces aperçus, qu'on pourrait multiplier à l'infini, prouvent avec la dernière évidence que, comme la richesse consiste dans le grand nombre d'hommes laborieux, et point dans l'abondance des matières métalliques, il n'est pas nécessaire, comme on l'a cru jusqu'à présent, qu'il y ait des pauvres, en proie à toutes les horreurs d'une existence affreuse, pour que les riches goûtent en paix les jouissances d'une vie exceptionnelle.

L'action du gouvernement doit tendre, suivant moi, à diviser la fortune, à mobiliser les richesses, à les mettre à la portée de tout le monde. Tout ne dépend pas du gouvernement sans doute, cependant il peut influer d'une manière sensible sur la distribution du capital national. Les impôts, les lois civiles, l'organisation des banques, la direction donnée au crédit public, sont d'un grand poids dans la balance des intérêts humains. Il dépend du pouvoir de la faire pencher du côté de la concentration, ou du côté de la diffusion des fortunes, et c'est vers le second de ces deux buts que l'administration, si elle est sage, dirigera tous ses efforts ; c'est ainsi seulement que peut s'accroître la prospérité publique, qui grandit en se répandant.

Riches et pauvres gagneront, en proportion de ce qu'ils ont déjà, aux changemens que doivent amener les progrès de la science en fait d'économie publique. Les capitalistes trouveront dans le bien-être général un ample dédommagement des avantages particuliers dont ils auront pu être momentanément privés.

Rien n'est moins stable que la fortune des particuliers, et la garantie d'un gouvernement moral, sage, philantropique, où tout le monde serait sûr avec du travail d'occuper une place honorable : cette garantie, dis-je, vaut bien le sacrifice d'une partie seulement d'un bien-être que le hasard peut nous enlever en totalité !

Voilà donc où nous en sommes aujourd'hui : le contrat social de Rousseau a fait son temps ; du domaine des lettres et de la science, il a passé dans la réalité des institutions. Maintenant que le point de vue a changé, il nous faut un nouveau contrat social : Saint-Simon, Fourier ont essayé de le faire, mais leurs doctrines, étonnant assemblage d'absurdité et de bon sens, d'idées pratiques et de rêves impossibles à réaliser, sont inapplicables à la société actuelle. L'un, Saint-Simon, s'est érigé en prophète, il a voulu organiser trente-trois millions d'hommes comme un couvent. L'autre, Fourier, a proposé à la France de s'éparpiller en une multitude de petites associations, et de renoncer à cette grande et belle unité qui fait notre gloire et notre puissance. En 1840, Mahomet n'est pas plus possible que Pythagore, ils ont bâti dans les nuages. Si nous jugeons sévèrement ces systèmes comme ensemble de doctrines, nous ne craindrons pas d'avouer que nous reconnaissons dans les travaux de Saint-Simon et de Fourier des idées excellentes, des points de vue nouveaux, germes précieux dont l'avenir s'enrichira. On peut dire des sciences ce que Voltaire a dit des nations. Chaque science à son tour a régné sur la terre : la théologie, la politique pure, la philosophie ont eu leur temps, et toujours leur règne a coïncidé avec les besoins et les instincts des peuples. Le temps de l'économie publique est venu, mais il s'en faut que ce soit en France une étude sans précédent, sans passé. Reprenons les livres immortels des écrivains des deux derniers siècles, nous y trouverons souvent les plus sages principes en matière d'économie sociale. Le Télémaque, par exemple, est rempli d'idées avancées, d'idées libérales. Fénélon voulait que les richesses, au lieu d'être concentrées en un petit nombre de mains, fussent répandues d'une manière plus égale entre toutes les classes de la société. Cette théorie vaut bien la théorie des grandes existences préconisée par M. Guizot. Necker, qui passait, à bon droit, en politique, pour un esprit timide, Necker comme philanthrope et comme économiste, est encore bon à consulter. S'il dit quelque part que le nivellement des fortunes n'est pas au pouvoir d'un gouvernement, il a soin d'ajouter que ce gouvernement, distributeur des impôts, et de toutes les charges publiques, que ce gouvernement surveillant et législateur, a des moyens pour adoucir le sort du peuple, et pour empêcher qu'une classe nombreuse d'hommes ne voient dans l'accroissement de leur famille une source de peines et d'anxiétés, ou ne s'accoutument enfin à devenir comme étrangers aux plus doux sentimens de la nature. Nobles paroles dans lesquelles il respire une humanité consolante bien préférable aux dédains méprisans de certains économistes modernes.

Des observations qui précèdent, il résulte qu'il y a eu jusqu'à ce jour, dans la littérature et la philosophie, deux tendances : l'une ayant pour objet des réformes politiques, l'autre ayant pour objet des réformes sociales. La première tendance seule a été satisfaite par les réformes de la révolution. Non-seulement le mouvement révolutionnaire de 89, procédant des doctrines philosophiques du dix-huitième siècle, ne s'est pas soucié de ce qui dans ces doctrines avait rapport aux rénovations sociales, mais il a, comme à plaisir, sacrifié cette partie à l'autre : il a fait table rase de tout ce qui, dans l'ancienne constitution de la société, pouvait être amélioré dans ce sens, de telle sorte qu'aujourd'hui nous sommes obligés de remonter à 89 pour y trouver quelques jalons, et pour reprendre racine dans la vieille société française. Nous remarquerons, en passant, que pareille chose nous est arrivée en littérature. Après un siècle qui avait rompu brusquement avec le passé, on a, de nos jours, senti le besoin, pour être original, de revenir sur ses pas. Et ici, comme toujours, le mouvement littéraire a précédé le mouvement philosophique ; car la philosophie procède des lettres, comme les lois procèdent de la philosophie.

Compléter l'enseignement philosophique sur les questions sociales, telle doit être la formule de la science aujourd'hui. Ce caractère commence dès à présent à se dessiner. Dans les premières années de la restauration, la presse n'avait qu'une tendance ; aujourd'hui il y a trois presses bien distinctes, la vieille presse politique, la presse industrielle, la presse sociale. Les anciens journaux eux-mêmes ont senti le besoin de retrancher peu à peu sur leurs vieilles déclamations, pour donner place dans leurs colonnes à l'examen des questions véritablement intéressantes pour le pays. Les idées nouvelles, inaugurées à la tribune politique, par un petit nombre d'esprits élevés et progressifs, retentiront bientôt dans la société par les mille voix du journalisme. La presse a aujourd'hui une tâche immense à remplir : et il convient d'examiner si son organisation la rend propre au rôle qu'elle est appelée à jouer.

## DE LA PRESSE.

Tout le monde, en France, peut créer un journal ; mais comme, pour créer un journal, il faut remplir certaines conditions pécuniaires, il s'ensuit que ceux-là seuls qui sont dans ces conditions profitent de la presse. Aujourd'hui, pour être rédacteur de journal, il faut beaucoup d'argent, comme il faut beaucoup d'argent pour être électeur. De quelque point qu'on cherche à lever la tête, on sent cette vérité tomber sur vous, comme un ciel de plomb, à savoir que, dans nos gouvernemens représentatifs, sans argent on ne peut rien. La législation consacre en vain la liberté de la presse : l'élévation des cautionnemens et des droits de timbre change cette liberté en un véritable monopole. Le journalisme devient une carrière, un état, une profession ; on ne s'en sert pas, on l'exploite. On n'envisage pas un journal comme une tribune où l'on puisse exprimer ses pensées, manifester ses opinions. Les journaux sont trop souvent livrés à l'influence de spéculateurs habiles faisant métier de politique. Bons bourgeois, abonnés de tels et tels grands journaux, vous doutez-vous un peu de ce que c'est que la liberté de la presse à Paris? Cette liberté de la presse, achetée au prix de tant de sacrifices, intronisée avec un nouvel éclat en 1830, sur les ruines d'une monarchie vaincue; savez vous à quoi elle se réduit? Savez-vous à qui elle profite? Savez-vous que ce sont tout au plus une centaine de personnes qui usent et mésusent de ce levier si puissant, conquête de la nation entière. Ce monopole, quand il se complique de la subvention, donne aux feuilles ministérielles une telle supériorité financière qu'elles peuvent faire aux autres journaux une concurrence ruineuse. Le moyen que des journaux indépendans nouvellement fondés puissent lutter contre ces vieilles puissances carrément assises sur tant de honteux supports. Quelle immoralité! De prétendus organes de l'opinion publique, mais qui en réalité n'existent que par un privilège fiscal, abusent de ce beau droit de la presse, semant les idées fausses, prêchant le pour et le contre au profit du gouvernement et aux dépens du peuple. En regard des feuilles libérales, le monopole a d'autres inconvéniens qui démoralisent la presse opposante. Il met ses intérêts en contradiction avec ses doctrines, en créant d'injustes avantages au profit des journaux établis depuis longtemps. Comme il est très difficile, sous l'empire des lois fiscales, de fonder un journal, les journaux qui ont vaincu ces premières difficultés sont intéressés à se coaliser pour faire taire les voix nouvelles qui voudraient s'élever. Écoutant les conseils d'une habileté à courtes vues, ils s'entendent, pour tromper le public, sur les conditions même d'existence de la presse, alors qu'ils lui disent la vérité sur les affaires du pays. C'est grâce à ce calcul que s'est maintenu pendant si longtemps le mensonge de la presse à quatre-vingts francs. Sans le monopole, le secret n'aurait pas été si bien gardé et un révélateur se fût présenté plus tôt. Depuis longtemps déjà le public aurait été mis à même de se rendre compte des conditions du journalisme, comme opération financière, et depuis longtemps le taux de la publicité des journaux quotidiens eût baissé, sinon à quarante francs, du moins à soixante. Honneur au ministère qui a promis de supprimer les subventions; puisse-t-il tenir sa promesse et se conduire de manière à convaincre amis et ennemis de sa bonne foi. Mais ce n'est pas assez de supprimer les subventions, il faudrait encore détruire le monopole, en supprimant, ou au moins en abaissant le chiffre des cautionnemens et des droits de timbre.

Le monopole empêche la presse d'être progressive, d'être l'écho fidèle des idées neuves qui tendent à se produire dans la société. Si la presse est souvent rétrograde, toujours taquine et querelleuse, c'est la faute du monopole. La presse, ai-je dit, est entre les mains d'une centaine de personnes, qui lui impriment leur esprit. La presse contracte toutes les passions de ses directeurs. Parmi eux il en est qui, appartenant au vieux libéralisme ou à la vieille servilité de la restauration, ne savent que deux choses, flatter ou mordre. La génération nouvelle a des idées plus avancées. Nous autres jeunes gens, nous sommes plus modérés que nos pères. Nous sommes moins entraînés par les passions politiques que nos frères aînés. Si la génération nouvelle était libre, entièrement libre d'imprimer un caractère à la presse, la presse serait hardie et novatrice sans doute, mais elle ne serait ni colère, ni passionnée. La colère et la passion sont d'un autre temps.

Nous sommes las des luttes ; nous appelons de tous nos vœux la conciliation. Nous ne demandons pas mieux que de renoncer aux émotions des révolutions, pourvu qu'on nous donne les avantages des réformes. Est-ce notre faute à nous si, quand nous voulons écrire dans les journaux, nous trouvons la presse partagée en deux camps hostiles, comme pour faire mentir cet axiôme que la vérité est une. Nécessité pour nous, sous peine d'être condamnés au mutisme, de nous enrôler dans la presse gouvernementale ou dans la presse de l'opposition.

Tout nouveau venu qui veut écrire dans un journal est obligé de renoncer, non pas peut-être à ses opinions tout entières, mais à ce qu'il y a de plus intime et de plus personnel dans ses opinions. Il faut qu'il opte entre l'exagération de l'éloge et l'exagération de la critique : car il y a d'un côté parti pris de tout blâmer, de l'autre, parti pris de tout approuver. Dans le camp ministériel, on n'écrit pas ce que l'on pense, parce que l'on a intérêt à écrire autrement. Dans le camp de l'opposition on fronde tout, parce que la consigne est de se faire redouter. Si l'écrivain n'aliène pas la spontanéité de son intelligence devant quelque sordide intérêt d'argent, il est tout au moins obligé de se prêter au caprice d'un des chefs de journaux, d'un de ces rois de l'opinion, gâtés par la flatterie, comme tous les rois.

Il faut donc plaindre les jeunes gens qu'une irrésistible vocation entraîne à sacrifier sur les autels de ce monstre aux mille voix, qu'on appelle la presse quotidienne. Ils sont obligés de lui offrir en holocauste la naïveté de leurs convictions les plus intimes, la fraîcheur de leurs rêves les plus dorés. En général, les rédacteurs en chef ont la manie de vouloir imprimer au journal qu'ils dirigent une physionomie uniforme. C'est leur opinion seule qui constitue l'esprit du journal : ils imposent leurs idées à tous ceux qui écrivent avec eux ; ils se dessaisissent, comme à regret, du droit d'exprimer seuls leur pensée, et c'est uniquement par impuissance matérielle de remplir tant de colonnes, qu'ils se mettent en quête de manœuvres littéraires, habiles à étendre une donnée qui ne vient pas d'eux, à trouver une page dans un mot, un article dans une phrase : le talent le plus appréciable pour un pareil emploi doit consister dans une grande versatilité de style ; mais l'originalité se perd, et ce que l'on donne à la complaisance, on l'ôte au talent. A mon avis, plus les individualités des écrivains seraient saillantes, meilleur serait le journal ; ce qui séduit le plus dans un écrivain, c'est un certain cachet original : ce qui entraîne, c'est la foi qu'un auteur a lui-même dans la bonté de sa thèse. Vous trouverez bien peu de traces de ces qualités dans les articles de journaux. Ce qu'on demande à ceux qui les écrivent, ce n'est pas du cachet dans le style, de l'imagination et de l'ampleur dans les systèmes ; non, ce sont des broderies de convention sur un thème usé la plupart du temps ; c'est une monnaie courante de style où l'empreinte de la pensée est à moitié effacée : d'ailleurs les articles de fonds sur les questions les plus importantes, sont en général si courts que la place manque pour déduire des principes toutes les conséquences. Qu'en résulte-t-il ? Que le public qui lit les journaux par habitude ne peut y puiser de convictions solides, car on ne s'est pas donné la peine d'approfondir assez les questions pour écarter tous les doutes. Aussi les journaux ne changent-ils les opinions de personne : ils ne font que nourrir les passions politiques de ceux qui ont des opinions toutes faites. Voilà ce que produit la prétention qu'a chaque journal d'être parfaitement homogène; cette prétention détruit son originalité, et par conséquent sa puissance. Ne semble-t-il pas, en lisant les journaux, que la pensée qui les a dictés soit partout identique, et qu'elle ait été coulée dans le même moule? On les dirait écrits par un seul homme; tout au moins est-on tenté de croire que la plus touchante harmonie règne entre ceux qui concourent à leur rédaction. Erreur! la plupart ont sur bien des points de la politique des convictions différentes dont ils font le sacrifice aux exigences de la rédaction générale. Ainsi, plus le journal approche de l'homogénéité, de ce but qu'on regarde à tort comme l'idéal de la perfection, et plus il s'éloigne de la vérité; son unité n'est qu'un mensonge reposant sur une idée fausse; elle n'existe que par une abnégation inexcusable, celle de la pensée propre, personnelle, originale. Le rédacteur en chef lui-même n'obéit pas toujours à l'impulsion de sa propre conscience et à des convictions personnelles. C'est déjà un mal s'il impose la tyrannie de ses idées; mais le mal est moins grand quand la source en est pure : que sera-ce, si le rédacteur en chef poursuit un but intéressé? Que sera-ce, s'il est l'intermédiaire d'une conviction étrangère, d'un calcul étranger, d'une ineptie étrangère? En général, par qui sont fondés les journaux? Par des gens riches, par des banquiers. Un capitaliste fait venir dans son cabinet l'homme qu'il veut placer à la tête de son journal; il lui dit : « J'entends que vous imprimiez telle direction au journal que je vous ai mis à même de fonder. » Le rédacteur en chef transmet cette influence, qui n'arrive à l'écrivain que de la seconde main. Où est la spontanéité, où est l'initiative de la presse? La pensée qui devrait être libre, est vassale de l'argent. L'imagination la plus féconde suffirait à peine à concevoir toutes les formes que ce servilisme peut prendre. Peut-être le rédacteur en chef n'est-il que l'intermédiaire d'un ministre déchu qui ne veut pas consentir à se laisser oublier et qui fonde un journal dans la pensée de donner aux actes de son administration une existence posthume et une popularité rétrospective. Quelle finesse ne faut-il pas à l'écrivain qui se charge d'être l'interprète d'une pensée aussi lilliputienne? Et quel bien attendre d'une polémique si peu spontanée, si peu consciencieuse? Tel journal louvoie habilement entre une opposition modérée et un ministérialisme décent, pour maintenir à un taux élevé le chiffre de la subvention qu'il attend chaque mois de la peur ou de la reconnaissance du ministère. Je sais des journaux créés pour l'utilité spéciale d'une maison de banque : d'autres même fondés en vue d'une opération de bourse, et qui n'ayant pas d'autres raisons d'être, ne vivent pas plus longtemps que l'opération dont ils devaient augmenter la publicité.

En principe, la presse ne devrait servir qu'à traiter des intérêts généraux, des intérêts publics ; en réalité, elle sert à toute autre chose. Les annonces servent à préconiser les entreprises particulières. Les ministres font insérer des articles politiques dans l'intérêt de leur existence ministérielle ; les banquiers font insérer des articles d'économie publique dans un sens favorable à leurs opérations; la presse sert aux riches pour toutes choses ; aux pauvres, au peuple, elle ne sert à rien, grâce au monopole et aux lois fiscales, qui mettent les annonces à un prix trop élevé pour que le petit commerce, pour que la petite industrie puisse y atteindre.

Ces inconvéniens de la presse actuelle ont été signalés de toutes parts. Dans toutes les nuances d'opinion il y a de bons esprits qui sont d'accord sur ce point, et la suppression des cautionnemens, des droits de timbre et de poste serait peut-être une de ces questions où il serait possible de réunir une majorité composée d'élémens divers empruntés à tous les partis. Ce qui sépare les partis, ce sont moins les principes que les sentimens et les rancunes; l'inconvénient de la politique sentimentale est de nourrir les rancunes par la contradiction; c'est le gouvernement du bavardage, dont nous avons bien de la peine à sortir. Si on le voulait une bonne fois, il y a des terrains neutres où il serait possible de se réunir; il y a des questions sur lesquelles tout le monde serait d'accord, et en ne parlant plus des vieilles querelles, on finirait par les oublier. Je me flatte peut-être en pensant que quelque jour tout le monde s'entendra pour rendre à la presse dignité, force, indépendance, en ne la parquant plus par des lois fiscales.

Dès aujourd'hui, Lamartine, Garnier Pagès, Émile de Girardin, bien qu'ils ne suivent pas la même ligne politique, ont saisi toutes les occasions de s'élever avec force contre ce qu'ils appellent avec raison le monopole de la presse. Ils ont demandé la suppression des cautionnemens, des droits de timbre et de poste.

Quand il sera si facile de publier un journal que tous ceux qui auront quelques adhérens pourront écrire leurs opinions, presque tous les inconvéniens que nous avons signalés disparaîtront entièrement ou diminueront d'une manière sensible. Alors les gérans de journaux ne seront plus dans la nécessité d'attiser le feu des passions pour réaliser des abonnemens. On pourra faire encore du journalisme par spéculation, et je ne prétends pas que la suppression du monopole amène tout d'un coup un âge d'or où les écrivains n'écriraient plus que par conscience ; mais du moins les chances seraient égales pour tout le monde, et s'il n'y avait pas désintéressement, il n'y aurait pas non plus iniquité. On sera inondé de journaux, direz-vous? Fièvre d'un jour! ceux qu'on n'écoutera pas se tairont. Du moins on ne sera plus en droit d'accuser le monopole de son mauvais succès; on ne sera plus en droit de se plaindre du gouvernement; car quant à se plaindre du public qui ne vous lit pas, cela ne se peut guère. Accuser le public, c'est s'accuser soi-même. Les écrivains ne subiront plus la loi des capitalistes. Ceux qui se croiront ou se sentiront du talent s'associeront pour créer un journal où ils puissent exprimer leurs pensées tout entières, sans coupure de complaisance et sans réticences imposées, sans être obligés de mettre une phrase pour la couleur du journal, une phrase pour tel député influent, une phrase pour ou contre tel ministre. Il y aurait alors forcément dans la presse un caractère plus vrai, plus spontané; la publicité augmentant, ses inconvéniens neutralisés les uns par les autres diminueraient; la presse étant une arme à la portée de tout le monde, la vérité finirait par se faire jour quand l'attaque et la défense seraient également faciles. Il y a dans la société une force providentielle de conservation qui assure le triomphe de ce qui est bien. Les idées comme les sentimens prennent leur niveau quand ils ne sont pas gênés par des lois indiscrètes et routinières.

Le gouvernement craindrait-il l'apparition d'une presse radicale? Mais les tribunaux ne sont-ils pas là pour réprimer? D'ailleurs, quand on refuse toujours aux passions politiques la possibilité de s'exhaler en quelques paroles plus ou moins indiscrètes, elles grandissent et se fanatisent dans le silence et l'isolement, puis éclatant un jour, elles se guindent jusqu'au hideux régicide ou se répandent dans les publications clandestines. Sans le monopole de la presse, vous n'auriez jamais eu le *Moniteur républicain.* Qui sait combien il y a de rancunes littéraires et d'amours-propres froissés d'écrivains de bas étage dans les plus furieux lambeaux de cette sophistique démagogie?

Une loi seule peut émanciper la presse. Du gouvernement seul dépend sous ce rapport la réforme de la presse.

Mais il est des améliorations qu'elle peut tenir d'elle-même. Il y a dans la presse un grand mal qu'il dépend de ses organes de guérir; si j'osais donner un nom à ce mal, je l'appellerais l'anonymie des journaux. Nous connaissons à Paris l'esprit des principaux journaux, mais sait-on dans le public le nom des écrivains qui les dirigent. Non; les intimes le savent; cela n'est pas assez. On ne fait pas de la politique pour ses confrères; on en fait pour tout le monde. Pourquoi ne pas combattre à visage découvert? Pourquoi ne pas descendre tout entier dans l'arène? C'est le caractère anonyme des articles de journaux qui déconsidère la presse. La presse ne sera véritablement honorée que du jour où elle cessera d'être anonyme. De ce jour, elle sera, je ne dirai pas consciencieuse; ce serait au temps présent une injure générale qui n'est pas dans ma pensée; mais de ce jour, la presse cessera d'autoriser le plus léger doute sur sa bonne foi. Quand chaque article sera signé de celui qui l'aura écrit, les palinodies politiques de la rédaction ne seront plus possibles, parce qu'elles déshonoreraient les rédacteurs. Aujourd'hui un journal est un être de raison, une puissance impalpable, arbitre de l'opinion, mais sur laquelle l'opinion n'a point de prise. Qu'en résulte-t-il? c'est qu'on peut approuver la tendance d'un journal, sans avoir de sympathie pour ses rédacteurs, ou au contraire estimer beaucoup les écrivains d'une feuille dont on n'approuve pas la rédaction; en d'autres termes, l'homme et le journal ont une réputation distincte; c'est là un grand mal; car ainsi la plume peut se vendre sans déshonneur pour celui qui la prostitue, et tel qui trahit sa pensée, garde l'estime du monde.

L'anonymie des journaux est un mal d'autant plus grand que chaque jour la presse fait invasion dans la vie privée. Quel recours ai-je contre le mensonge qui me déshonore? Je ne sais pas de qui émanent les quelques lignes dont le fiel calomniateur porte atteinte à ma réputation. Quand je me retourne contre des adversaires que je ne connais pas, il m'est souvent impossible de savoir leurs noms. Et ici il ne faut pas exagérer ma pensée jusqu'à l'absurde; je ne prétends pas que les lignes les plus insignifiantes dans la polémique de chaque jour, que les moindres entrefilets portent un nom d'auteur. Tout ce que je veux, c'est que les écrivains qui participent à la rédaction d'un journal tiennent à honneur, en signant fréquemment leurs articles de fonds, de compromettre dans la lice de la presse, non-seulement leurs opinions, mais aussi l'honneur du nom qu'ils portent. L'exemple, à cet égard, a été donné par des hommes distingués. Carrel, Lamennais, Henri Fonfrède, Cauchois-Lemaire, Emile de Girardin, Granier de Cassagnac n'ont pas craint souvent de confondre leur personnalité d'homme et leur personnalité d'écrivains politiques. Louis Blanc a planté hardiment son drapeau dans la *Revue du Progrès*. M'objectera-t-on que les écrivains de l'opposition, en signant leurs articles, se désigneraient eux-mêmes aux coups du pouvoir. Je ne le nie pas; ce serait une mission périlleuse, mais que le péril même rendrait plus glorieuse et plus puissante. Elle pourrait avoir sans doute l'inconvénient de signaler au pouvoir ses adversaires; mais elle aurait l'avantage bien plus considérable de faire connaître au public ses véritables amis.

Il est un autre reproche que je me permettrai d'adresser à la presse. La presse est en général mal informée. Messieurs les journalistes, vous remplissez pour nous, j'en conviens, des feuilles d'une dimension gigantesque; mais les nouvelles que vous nous donnez sont accumulées pêle-mêle, sans qu'on puisse voir un plan d'ensemble dans tous les commérages que vous livrez en pâture à la curiosité publique. Au lieu de prendre exactement connaissance des faits, au lieu de remonter à la source des bruits qui circulent, vous accueillez trop facilement les nouvelles qu'on vous apporte. On ne saurait disconvenir que la presse est en général mal informée; prenez garde, on ne vous croira plus. Quand un abus d'autorité a lieu dans l'administration, vous devriez vous procurer les renseignemens les plus exacts, être si instruits que le gouvernement toujours prêt à jeter un manteau officieux sur les torts de ses agens, fût obligé de changer de tactique. Dès qu'il les verra signalés, il les abandonnera. Quelle puissance n'aurait pas la presse si elle savait être sagace, clairvoyante et ébruiter des faits au lieu de débiter des injures. Ce serait là une tâche, j'en conviens, difficile et laborieuse; il y faudrait de l'activité, de la finesse: combien n'est-il pas plus commode de s'asseoir à une table, avec une feuille blanche devant soi, et là de donner carrière à son imagination. Tant mieux, si la critique tombe juste, tant pis, si elle tombe à faux; on en sera quitte pour insérer la réclamation de ceux qu'elle lésait injustement. — Mais à ce jeu, messieurs, vous perdriez tout crédit sur l'opinion publique; les hommes se lassent aisément de la foi, et quand on a perdu leur confiance, il est bien difficile de la regagner. En France surtout, on n'est jamais dupe longtemps. On se dégoûterait des trafiquans de la liberté, comme on s'est lassé des trafiquans de la gloire. Comme défaut de tactique, je vous reproche, journaux de l'opposition, de faire au gouvernement une guerre de parti pris; de la faire trop continuellement et sur trop de questions à la fois. Vous rapetissez ainsi les grandes questions, et vous grandissez les petites. C'est un tort énorme, car c'est éterniser la polémique, en l'empêchant d'avoir jamais un résultat. La polémique a beaucoup de chances d'être habile quand elle est sincère. La meilleure diplomatie est celle de la franchise. On ne saurait trop le répéter, pour que les critiques du journalisme puissent amener des réformes, la première condition du succès, c'est un heureux choix des points que l'on veut attaquer, et une initiative puissante. L'opposition est trop oublieuse de cette vérité; au lieu de choisir un petit nombre de questions, de les approfondir et de faire au gouvernement sur ces questions une guerre mortelle, l'esprit *opposant s'éparpille* sur tout, sans songer que sa force en diminue d'autant. Comme les rouages du gouvernement représentatif projètent successivement la lumière sur chaque partie de la vie publique, l'opposition, à qui cela évite des frais d'imagination, suit cette marche dans ses allures. Elle se croit obligée de s'indigner sur tout, ce qui conduit les bonnes gens à douter un peu de la sincérité de colères si continues. Quand ensuite il se présente une question importante, ses traits sont émoussés. Il y aurait d'ailleurs quelque chose de mieux que de blâmer le ministère de ce qu'il a fait hier, ce serait de lui dire ce qu'il doit faire demain. Je remarque même qu'à ce jeu l'administration est en général plus habile que ses adversaires; elle sait à propos faire beaucoup de bruit sur des questions dont elle se soucie peu, et glisser légèrement pour tromper l'opposition sur les intérêts qu'au fond elle veut garantir. Je suis souvent tenté, dans mon coin, quand je vois ce manège, de rappeler aux feuilles libérales l'histoire du *chien d'Alcibiade.*

A l'époque où la France a été dotée de la liberté de la presse, on a cru que ce serait un instrument merveilleux de progrès: cette espérance a été parfois déçue. La presse est aujourd'hui peut-être une meilleure arme dans les mains du gouvernement que dans les mains de l'opposition. Reportons-nous au temps où l'opinion a obtenu ses plus beaux, ses plus grands, ses plus légitimes triomphes: au dix-huitième siècle, il n'y avait pas dans Paris cent journaux comme aujourd'hui; trois ou quatre hommes suffisaient à la tâche qui nous écrase: alors l'opinion s'appelait Voltaire, Rousseau, Diderot; elle ne picotait pas sans cesse l'ennemi à toutes les veines, comme le fait maintenant la presse, qui a remplacé ces majestueuses puissances, mais elle frappait au cœur et tous ses coups portaient.

En résumant ces considérations, voici ce que je dirai aux hommes de la presse, aux hommes de la presse opposante: vous qui prêchez la liberté dans l'État, ne soyez pas absolutistes dans votre constitution administrative et littéraire, laissez ses coudées franches à la pensée de vos rédacteurs. Je ne voudrais pas sans doute qu'un journal poussât la tolérance jusqu'à réunir dans une même rédaction les opinions de la *Gazette* et celles du *National*, non sans doute; il y a de grandes différences qui séparent nécessairement les écrivains, et qui constituent la couleur d'un journal, comme celle d'un parti. Mais je voudrais que dans un même journal, entre rédacteurs unis par une communion de pensées semblables sur les points importans, chaque écrivain conservât ensuite sa physionomie particulière et le libre arbitre de ses opinions de détail.

Les esprits indépendans sont aujourd'hui découragés par le caractère étroit, exclusif de la presse ; ils aiment mieux s'engager isolément dans une voie plus difficile peut-être, plus longue, où le succès se fait attendre davantage, mais qui ne coûte aucun sacrifice ni à leur amour-propre, ni à leurs convictions. De jour en jour, on verra des exemples plus nombreux d'auteurs qui feront comme moi, qui se présenteront une brochure à la main au milieu des orages de la publicité.

Je dirai aux organes de la presse : concentrez davantage votre polémique ; ne soyez pas toujours sévères pour les actes du gouvernement; soyez justes, vous serez plus forts ; ne faites pas de l'opposition au jour le jour, de la menue critique. Rappelez-vous que pour agir sur les esprits, il faut leur offrir des généralisations hardies, de larges conceptions. Ne vous bornez pas à énumérer les argumens dans de petits articles écourtés, où le peu de solidité du fond rend plus inexcusable encore l'âpreté de la forme : fécondez les principes par des déductions abondantes. Enfin consentez à encourir vous-mêmes la responsabilité de vos opinions. Rendez votre réputation solidaire de vos écrits, et vos écrits auront ce que le talent même ne peut donner, l'autorité de la conscience, et cette influence morale inséparable du courage civil. Enfin j'adjurerai le pouvoir d'accomplir l'émancipation de la presse, en faisant disparaître les entraves fiscales qui l'enchaînent.

Loin de moi au reste la pensée de méconnaître les services que la presse, telle qu'elle est, a rendus au pays, pendant et depuis la restauration. Si elle est exclusive, si elle est exploitée par des coteries, c'est encore plus la faute de la loi que la faute des hommes. La presse, je le sais, compte dans son sein un grand nombre d'esprits élevés, supérieurs aux mesquines considérations de camaraderie. Mais c'est précisément la foi que j'ai dans la presse, dans ses bienfaits, dans son avenir, qui me fait désirer de la voir libre, accessible à tous, éclairée et courageuse, pour suffire à sa tâche ; si le gouvernement laisse péricliter la direction morale des esprits, comme il le fait trop souvent, qui nous sauvera de l'individualisme sinon la presse, la presse émancipée, c'est-à-dire le foyer de toutes les intelligences, l'expression vivante de la conscience publique ? Nous avions autrefois une morale religieuse ; aujourd'hui qu'on ne se soucie guère de religion, on ne parle plus de morale, le silence à ce sujet est de bon goût ; mais la morale ne peut être éternellement chez un peuple une question de tact et de prudent scepticisme, tôt ou tard l'opinion publique cherchera une loi morale.

De quels principes découlera cette loi morale, et quelle en sera la sanction ? Le catholicisme est-il mort pour ne plus revivre ? La philosophie a-t-elle tué la révélation ? La société moderne a-t-elle consommé son dernier acte de foi, et n'y a-t-il plus pour l'avenir des peuples que le déisme naturel et le culte de la conscience ? Cela est probable, bien qu'on tremble en soi-même de songer, qu'après l'effroyable débordement de passions que nous ont léguées l'explosion de 89, les saturnales du directoire et de l'empire, le seul code de morale qui existât encore a disparu, la seule puissance qui eût encore crédit sur nos cœurs est à terre, et que la seule tribune où l'on pût s'élever contre le mal, au point de vue religieux, est muette. Montesquieu avait l'esprit plus libre lorsque, prévoyant la décadence des religions, il annonçait une époque où l'Éternel ne verrait sur la terre qu'une même croyance, une époque où le temps qui consume tout aurait détruit les erreurs mêmes, où tous les hommes seraient étonnés de se voir sous le même étendard, où tout jusqu'à la loi serait consommé, où les divins exemplaires seraient enlevés de la terre et portés dans les archives célestes.

Oui, je le comprends, au commencement du XVIII<sup>e</sup> siècle, un philosophe pouvait appeler ce moment de ses vœux. Quand il détournait ses yeux du petit point où la cour vivait dans les agitations perpétuelles d'une orgie, il voyait au-dessous de lui toute une nation industrieuse qui avait grandi sous la main puissante de Sully et de Colbert; un ordre moyen, probe, éclairé, moral, digne du pouvoir et ne l'ambitionnant point encore; à l'horizon brillait l'aurore d'une philosophie nouvelle, pure de tous les excès dont elle s'est saturée plus tard en réalisant ses théories. Oh! oui, alors on pouvait appeler de ses vœux le moment où l'humanité échapperait à la foi, parce qu'on n'avait pas douté de la raison qui allait remplacer la foi. Mais aujourd'hui que la prédiction de Montesquieu est accomplie, aujourd'hui que la loi est presque consommée, je comprends que quelques esprits regrettent cette loi, divine par la foi des peuples, puisqu'aucune loi humaine ne semble prête à la remplacer? Je comprends que quelques esprits regrettent le symbole quand le sentiment lui-même s'efface. Je ne m'étonne même pas que dans l'ordre politique, beaucoup soient effrayés d'avoir vu le principe de la liberté succéder au principe de l'obéissance, le droit des nations remplacer le droit divin, quand à la place de ce tiers-état si sage, si modeste, si désintéressé sous Louis XV, sous Louis XVI et au commencement de la révolution, nous trouvons tout d'un coup une nouvelle aristocratie de parvenus arrogans, nobles d'hier, que le succès a sottement enorgueillis au lieu de les instruire, qui, loin de faciliter au peuple qui les suit l'accès à tous les avantages des gouvernemens libres, tirent égoïstement l'échelle après eux, font revivre les mots de classes, de démarcation, effacés du dictionnaire par la révolution française, jouent aux vieilles royautés, paradant comme grands seigneurs dont les vieux se moquent, ayant moins d'âme et de grandeur que les féodaux mêmes, présentant de plus que leurs devanciers l'inconvénient énorme d'être cent fois plus nombreux, et de former autour du pouvoir qu'ils assiègent pour s'en partager les dépouilles, une phalange compacte qui cache au gouvernement la véritable nation, comme jadis les courtisans de Trianon cachaient au roi le tiers-état. Le tiers-état, avant-garde du peuple, était tout alors: il n'est plus aujourd'hui qu'une minorité ayant déserté les rangs de la nation. Qui rendra à ces égoïstes le sentiment de la charité qui n'habite plus dans leurs âmes? Le christianisme a inspiré un Saint-Vincent de Paule. La philosophie saura-t-elle produire les mêmes vertus à une époque où ces vertus sont plus que jamais nécessaires? Et si par malheur l'esprit de vertige dont les classes moyennes semblent atteintes est si grand, qu'elles attendent l'explosion de la mine qui gronde sous leurs pas; si tandis que les mauvais riches rient à leurs festins, ils ne voient pas la croix de feu menaçant leurs têtes, qui adoucira les représailles des masses, quand tonnera la grande voix de la nation méconnue et trompée? Toute la question est de savoir si la société trouvera à temps un remède pour se sauver de l'abîme que la corruption ouvre devant elle.

Je ne suis pas de ceux qui trouvent un malin plaisir à médire du temps où ils vivent. Mais peut-on s'empêcher de signaler la profondeur du mal moral qui nous dévore? En regardant de près les hautes sphères sociales, on ne voit qu'ambitions particulières et tripotages de places; dans les classes pauvres, les vices, les délits et les crimes justiciables des tribunaux correctionnels ou des cours d'assises affligent les regards. Encore la corruption est-elle plus effrayante que le crime même, parce qu'elle est plus difficile à réprimer. Le crime qu'atteint le Code pénal, c'est une histoire à part. C'est le triste monopole d'une classe peu nombreuse, marquée au front d'un signe fatal, traquée d'ailleurs par les pouvoirs publics. En effet, si la société, comme nous le regretterons ailleurs, n'est pas organisée pour prévenir le crime, elle est merveilleusement organisée pour le punir et s'en acquitte même avec une sorte de luxe. La corruption est plus dangereuse, car elle opère sur une échelle plus large; la corruption est souvent moins excusable que le vol; la corruption est le fait du riche qui vole pour jouir; tandis que le pauvre, en bien des occasions, lorsqu'il vole pour la première fois, vole pour manger. La corruption échappe la plupart du temps à l'action des lois, et elle trompe par des dehors trompeurs la vindicte inattentive de l'opinion publique. Elle prend tous les noms, elle revêt tous les masques; elle s'appelle spéculation, savoir faire, habileté; elle parodie le désintéressement pour tromper les sots, et éblouit par des sophismes la crédulité de ses victimes. La corruption est la lèpre des sociétés modernes comme elle fut l'écueil des sociétés antiques. L'histoire est là pour le dire : c'est la corruption qui soumit la Grèce à Philippe ; c'est la corruption qui mit Rome à la merci des conquérans barbares ; c'est la corruption qui de nos jours ouvrit deux fois les portes de Paris, capitale de la civilisation, devant les hordes du Nord qu'avaient ameutées contre nous les fautes ambitieuses d'un conquérant. Si jamais la société française périt par l'épée, c'est que la corruption aura amolli le courage des enfans qui naissent sur le sol de notre belle patrie. Purs, nous serions invincibles. Mais quand même, dans quelque grande guerre de principe ou d'intérêt, la France ne succomberait pas comme elle a succombé deux fois; quand même la France triompherait comme elle a triomphé tant de fois, sa civilisation périrait encore par la corruption, si nous ne réussissons nous-mêmes par un héroïque effort à extirper le cancer qui nous dévore.

On est libre de regretter le passé, mais il est impossible de le refaire. Qu'on y songe bien, le remède à cette situation ne saurait être qu'un remède humain. Depuis quelque temps, sans qu'on y prenne garde, la morale a changé de sanction et de point de départ; les plus grandes révolutions passent inaperçues. Avec la révélation, la morale partait de Dieu; sans la révélation, elle aspire à Dieu. Si les cultes s'en vont, il n'y aura bientôt plus d'autre révélation que la révélation philosophique et naturelle de la conscience. Le caractère religieux tend chaque jour à s'effacer de notre société. Les paroles qui descendent de la chaire catholique ne sont plus écoutées, à moins que les prédicateurs ne fassent appel à d'autres sentimens qu'aux sentimens religieux. Ce christianisme mondain qui s'appuie sur la mode et qui a cours dans quelques églises décorées comme des salons, ne peut faire illusion aux esprits sérieux. L'église a perdu sans retour la direction des esprits; la presse a hérité de sa puissance; aujourd'hui la direction des esprits appartient à la presse.

Quand le principe d'autorité formait le droit public des peuples, quand le roi était le chef légitime de la grande famille, la morale réagissait de l'individu sur la société. Toutes les vertus étaient des vertus privées : il n'y avait d'autre vertu publique que l'obéissance. Aujourd'hui, sous l'empire des idées libérales qui régissent les sociétés modernes, la morale doit partir de la société pour agir sur l'individu; c'est désormais à la conscience publique qu'il appartient de régénérer les consciences particulières. Je ne désespère pas de l'avenir en songeant que les hommes les plus corrompus se cachent pour mal faire; la puissance de l'opinion effarouche le vice que ne corrigerait pas aujourd'hui l'éloquence évangélique d'un Bossuet. Oui, l'opinion ! voilà la véritable reine du monde; mais l'opinion, c'est la publicité; l'écho de la publicité, c'est la presse; que la presse soit morale et vigilante, et la société sera sauvée par elle.

La confession des chrétiens dans l'origine, n'était-elle pas l'amendement des fautes par leur publicité? Confessez-vous les uns aux autres, a dit Jésus-Christ. Sous ce rapport, la presse, organe de l'opinion publique, c'est une confession forcée; plus la vie publique s'élargira dans un pays, moins l'immoralité aura de chances pour s'environner du mystère qu'elle cherche et sans lequel elle ne saurait être, car l'éclat du jour la tue et met ses prôneurs en fuite. Sans doute, la publicité ne devra jamais soulever le voile qui couvre la vie privée, mais il y a une liaison si intime entre les vertus, qu'effaroucher les désordres dans la vie publique, c'est tarir les sources des désordres privés. Un bon citoyen sera toujours un honnête homme.

### DE L'INSTRUCTION PUBLIQUE.

L'éducation influe sur les hommes précisément au seul âge ou il soit possible de les modifier. Education et progrès sont deux idées qui s'appellent l'une l'autre. Le progrès n'est possible que parce que chaque génération qui descend dans la tombe emporte avec elle les préjugés, les rancunes, les colères, et toutes les mauvaises passions dont la génération nouvelle peut se garantir par l'éducation. Aussi l'importance qu'un gouvernement attache à la direction de la jeunesse donne-t-elle la mesure de sa valeur à lui-même. Un gouvernement qui voit la société d'un point de vue élevé, un gouvernement qui a de l'avenir et de la foi, ne doit avoir aucun intérêt plus cher que celui de l'éducation. Or l'éducation destinée aux hommes doit être calquée sur le modèle même de l'esprit humain. — Ainsi, de même que les facultés de l'homme ont deux caractères principaux, un caractère intelligentiel et un caractère moral, tout enseignement, ou privé, ou public, a nécessairement deux grands objets : il peut avoir pour objet de familiariser les hommes avec les connaissances dont ils auront besoin plus tard ; il peut avoir pour objet d'apprendre aux hommes à pratiquer la vertu. Le premier enseignement s'adresse à l'esprit, le second s'adresse surtout au cœur. En France, il n'y a pas, ou plutôt il n'y a plus d'éducation morale, c'est cependant la plus importante. Le fond des connaissances spéciales peut à toute force se conserver et même se perfectionner en l'absence d'un enseignement direct et régulier, mais sans l'éducation morale, il n'y a point d'avenir pour une société. Les générations naissantes trouvent la mort où elles devraient puiser la vie et s'alimentent à une source empoisonnée.

Autrefois les idées religieuses étaient la sanction de l'éducation. Dans la société dont nous sommes issus, les prêtres étaient les récepteurs vénérés de la jeunesse.

Mais nous répéterons ici ce que nous avons déjà dit : il est évident pour tout le monde que la religion a perdu son autorité ; la forme est restée, mais c'est une forme inanimée ; la lettre subsiste, mais l'esprit est mort ou agonise ; qu'on le déplore, je le conçois, seulement il faut avoir la bonne foi de s'avouer le mal, et le courage d'y chercher un remède ; peut-être, dans les campagnes ou même dans les villes de province, ce mal est-il moins grand qu'à Paris ? c'est possible ; je parle de Paris parce que je connais bien l'esprit qui règne dans les collèges. L'intervention du prêtre y existe de fait, mais elle est sans action ; l'ombre de son influence n'a qu'un seul résultat qui est mauvais, c'est qu'elle distrait de la pensée de chercher une autre influence.

En 1830, on a fait une grande faute : la séparation complète entre l'ordre spirituel et l'ordre temporel était en quelque sorte demandée par la conscience publique ; c'eût été une protestation contre les tendances bigotes de la restauration et contre bien des mauvais souvenirs de notre histoire. Cette séparation aurait eu l'avantage de ne pas rendre l'autorité civile solidaire des hasards que courait la foi catholique dans l'esprit des peuples. Il n'y avait rien de religieux dans le mouvement de 1830 ; la révolution, mal vue du clergé, avait, on se le rappelle sans doute encore, exilé l'habit ecclésiastique dans l'intérieur des séminaires et des églises. Pendant plusieurs mois, on ne vit pas un prêtre dans les rues. L'alliage du principe catholique avec le principe du gouvernement né des trois jours ne pouvait que frapper d'impopularité celui-ci, sans profit pour la religion. Par la séparation absolue du spirituel et du temporel, le catholicisme, au lieu d'être un petit gouvernement dans le gouvernement, redevenait un culte et une idée ; il rentrait dans les conditions où il s'était trouvé à son apparition dans le monde. Isolé du pouvoir séculier, le catholicisme eût probablement regagné du terrain dans le monde des idées, tandis que depuis Grégoire VII, il ne fait qu'en perdre dans le monde des faits ; en tout cas, il eût couru seul les chances de son principe. Ainsi se fussent trouvés accomplis les temps depuis Constantin ; son œuvre, comme toute chose humaine, a eu sa période de grandeur et de décadence. Cette dernière période est depuis longtemps arrivée ; la révolution s'accomplissait par la cessation absolue de l'existence temporelle des cultes dans l'État.

Malheureusement je ne sais quelle pensée peureuse et réactionnaire, je ne sais quelle pensée conservatrice des ruines sortit de dessous les pavés de juillet, pour étouffer, ou peu s'en faut, l'esprit révolutionnaire à sa naissance. On tourna la difficulté par une escobarderie en déclarant la religion catholique religion de la majorité des Français. La Charte redescendait au rang d'une table statistique. C'était créer un ordre bâtard qui avait tous les inconvénients de l'ancien régime sans en avoir la grandeur et l'unité ; je pourrais aisément grossir ces pages du tableau de toutes les fausses mesures, de tous les scandales dont cette faute a été suivie. Depuis les funérailles de M. de Montlosier jusqu'à l'érection impolitique d'un évêché en Afrique, les couleurs ne me manqueraient pas pour en charger ma palette; mais il me suffira de montrer comment, sous le rapport de l'éducation publique, nous subissons les conséquences de notre pusillanimité à souffler sur la poussière des vieilles institutions du passé !

Depuis 1830, une loi capitale est intervenue sur l'instruction publique, c'est la loi de 1833, la loi sur l'instruction primaire. Quand il s'est agi alors pour le législateur de satisfaire au but que doit remplir toute loi d'instruction publique; quand il s'est agi dans cette loi de faire une part à l'éducation morale, de régler ses conditions, le législateur s'est trouvé enchaîné; pour un peuple qui a écrit dans la Charte que la religion catholique est la religion de la majorité des Français, il y a un précepteur de morale forcé; c'est le prêtre catholique. Les objections se présentent en foule : parce que la majorité des Français ne proteste pas contre la religion catholique, parce que la majorité n'est pas protestante dans toute l'étendue du mot, la loi a-t-elle sondé les cœurs et scruté les consciences? Avant de nous courber sous l'inflexible rigueur d'une définition légale, le législateur s'est-il assuré si la foi, dont il se fait ainsi l'interprète bénévole, embrâsait tous les cœurs d'une même ardeur pour la religion, et inspirait à chaque famille la même confiance dans les prêtres de cette religion. Et puis, d'ailleurs, l'éducation morale embrasse deux sortes de devoirs bien distincts : les devoirs que les hommes ont à remplir dans leurs rapports privés, et les devoirs des citoyens dans leurs rapports sociaux. Pour la morale privée, je comprends encore l'enseignement du prêtre catholique; j'aimerais mieux seulement que cet enseignement fût facultatif, que le père de famille allât le chercher pour ses enfans, au lieu que cet enseignement vînt s'offrir à lui, environné de la protection exclusive du gouvernement. La morale de l'Évangile n'a pas besoin d'apostille.

Mais que le gouvernement se repose sur le clergé catholique du soin d'initier les cœurs de la jeunesse française à l'esprit des institutions politiques qui nous régissent, que les mandemens de l'archevêque de Paris deviennent ainsi par ricochet le catéchisme politique de nos enfans, qu'il n'y ait pas une intervention humaine, séculière, du gouvernement dans cette partie si importante de l'éducation publique, qu'on laisse sous ce rapport les enfans sans direction, ou qu'on les abandonne aux boutades de leurs confesseurs, plus ou moins animés de colère rétrograde contre ce qui existe, voilà ce que ma raison ne comprendra jamais ; car le prêtre catholique n'est pas un instrument docile dans les mains de l'autorité qui l'investit du droit de prêcher sa morale : le prêtre catholique n'accepte pas une direction, il l'impose. Par conscience, il écoute son évêque bien plus que son préfet, car, avant d'être citoyen et membre de l'État, il est prêtre et membre du clergé ; laissez-le donc dans sa chaire, laissez-le donc dans son confessionnal, attendez que le père de famille aille l'y chercher ou lui conduire son fils. La Convention, qui la première institua des écoles primaires, imprimait du moins à l'éducation du peuple une direction conforme aux principes qui gouvernaient alors la société : le 30 vendémiaire an II, elle décréta qu'on ferait connaître aux enfans les traits de vertu qui honorent le plus les hommes libres, et particulièrement les traits de la révolution française les plus propres à élever les âmes et à les rendre dignes de la liberté et de l'égalité. C'étaient, je le sais, de mauvais jours que ceux-là ; un pareil enseignement devait porter le caractère farouche du pouvoir qui l'imposait. Il serait plus doux, aujourd'hui que les sentimens sont plus humains, les devoirs sociaux mieux définis. Mais cette considération même rend encore le gouvernement plus inexcusable de ne rien faire pour familiariser la jeunesse avec les obligations que les gouvernemens libres créent pour les citoyens d'un état. Aussi la consécration morale de l'éducation attribuée au clergé par la loi de 1833 sur l'instruction primaire, rencontra-t-elle beaucoup d'opposition même à la chambre des pairs. La parole vive et spirituelle du vieux contemporain de toutes nos assemblées, du comte de Montlosier, brilla presque pour la dernière fois sur ce sujet, qui avait été l'objet des méditations et de l'expérience de toute sa vie ; mais la routine l'a emporté contre la raison.

Passons à l'éducation que nous avons appelée éducation de l'esprit. Cette éducation devant avoir pour but de mettre les hommes à même de tenir leur rang dans la société, et d'y remplir les diverses carrières qu'elle offre à l'activité humaine, cette éducation doit suivre le progrès de la société même. Quand le caractère de la société change, il est évident qu'elle doit changer avec lui; Si, chez un peuple, certaines professions ont gagné en importance, que d'autres, au contraire, aient été abandonnées, l'éducation doit sur-le-champ se mettre au niveau des nouveaux besoins. L'instruction publique doit suivre le mouvement des générations, il vaudrait mieux même qu'elle le précédât, et l'habileté des hommes d'État devrait consister à la mettre en rapport avec les tendances nouvelles qui se manifestent dans un pays.

Comme la société est toujours en mouvement, si le système de l'éducation chez un peuple présente un caractère d'immobilité, prononcez sans hésiter que ce système d'éducation est mauvais. C'est ce qui est arrivé en France; notre système d'éducation porte encore aujourd'hui le cachet des mœurs du moyen-âge. Sur le seuil de toute éducation, nous trouvons l'étude de la langue latine. Je comprends l'utilité de la langue latine au moyen-âge; car elle était l'idiôme national du clergé catholique, elle lui servait de lien pour rapprocher, par une communication de tous les instans, ses membres dispersés sur la surface du monde chrétien. Mais ce caractère d'utilité n'existant plus aujourd'hui, l'esprit de routine a seul pu faire conserver l'étude du latin comme base de toutes les éducations.

Ce n'est pas seulement de nos jours qu'on s'éleva contre cette ridicule manie. Dès le XVIII<sup>e</sup> siècle, elle trouvait des contradicteurs et ne pouvait manquer d'être visée par un esprit aussi juste que celui de Voltaire. Il y a dans ses ouvrages une plaisante boutade contre le système de l'éducation en France. Il suppose une conversation entre un conseiller et un ex-jésuite qui a été son précepteur. Le conseiller se plaint au jésuite de ce qu'il ne lui a appris ni les lois principales, ni les intérêts de sa patrie, de ce qu'enfin, en sortant du collège, il ne savait que du latin et des sottises. Quant à l'étude du droit, ce fut pis encore. On parla au futur conseiller de la loi des Douze Tables, dont il n'avait que faire, et on glissa légèrement sur telle loi française qu'il devait appliquer plusieurs fois par semaine. On lui parla de l'édit du préteur quand il n'y a plus de préteur en France, de tout ce qui concerne les esclaves, quand il n'y a plus aujourd'hui d'esclaves domestiques (au moins dans l'Europe chrétienne). Toutes ces absurdités signalées par Voltaire existent encore en partie.

Il dit ailleurs que la plupart des éducations de collège sont pitoyables, et que celles qu'on reçoit dans les arts et métiers sont infiniment meilleures. Ce passage prouve qu'il existait autrefois un ensemble d'institutions préparatoires relatives à l'exercice des professions industrielles, et, sous ce rapport, la comparaison du temps passé avec le temps présent n'est pas à notre avantage, car nous manquons précisément de ces institutions. Le véritable principe en matière d'éducation publique, je le trouve dans une petite phrase de Voltaire : « Il faut que chacun apprenne de bonne heure tout ce qui peut le faire réussir dans la profession à laquelle il est destiné. » Les saint-simoniens n'ont fait que paraphraser ce principe; en disant qu'à l'avenir le corps enseignant devait être organisé de manière à ce que tous les progrès pussent passer facilement de la théorie à la pratique, et que l'éducation, prise dans son ensemble, devait offrir pour chaque individu une série d'études dont le dernier terme conduirait immédiatement à une profession, à une fonction sociale.

Oui, les deux principes en matière d'éducation ont été justement indiqués par l'immortel écrivain dont la grande figure domine tout le XVIII<sup>e</sup> siècle. Il faut que l'éducation soit spéciale, et il faut que l'enfant soit dirigé de bonne heure vers la carrière qui doit occuper sa vie. L'homme, en général, est né pour le travail, mais non pour le travail de cabinet, et j'entends par travail de cabinet toute étude théorique. Il n'y a qu'un petit nombre d'esprits que ces études théoriques ne rebutent pas. Le travail, au contraire, quand il ressort directement d'une profession active, — quand ses produits, littéraires, industriels, scientifiques, ne sont pas des créations inutiles, — quand ils ont une autre valeur qu'une valeur de progrès, — le travail, dans ces conditions, exerce sur toutes les natures et jusque sur les caractères indolens un attrait presque irrésistible. L'enfant, en s'y livrant, obéit à une vocation qui l'entraîne, et le travail le moralise. Voulez-vous une preuve de ce que j'avance : entrez dans un de ces collèges où les enfans qui appartiennent aux conditions sociales les plus différentes passent huit ans à se préparer à tout.

Entrez dans un de ces collèges; sur cinquante élèves, vous en trouverez une dixaine tout au plus qui prennent part activement aux études théoriques qui font l'objet des cours : ce sont ceux dont l'imagination est la plus vive. Est-ce une raison de condamner l'esprit des autres? non sans doute, et parmi les retardataires, il en est qui ont un sens droit et divers genres d'aptitude. Ils pourraient même, jusqu'à un certain point, profiter de ce qu'on leur enseigne; mais il faudrait passer par dessus l'ennui d'une gymnastique intellectuelle derrière laquelle ils ne voient rien que de vague et de très éloigné. Ils aiment mieux rester parfaitement étrangers à tout ce qui se passe dans les cours ; c'est à grand'peine si pendant tout le temps qu'ils sont censés faire leurs études, des punitions gothiques et des châtimens dignes du moyen-âge parviendront à les réveiller momentanément de la torpeur où ils laissent s'écouler ces ennuyeuses années de collège.

Mais recherchez ces mêmes individus à leur entrée dans le monde ; voyez-les s'éparpiller à la porte de toutes les carrières : un véritable phénomène va vous frapper. Malgré tous les défauts de notre législation universitaire, l'instinct professionnel se réveillant, opère des prodiges; il remue ces esprits qui semblaient éteints. La proximité du but qu'on aperçoit anime, encourage : tel qui ne se souciait pas de travailler pour être le premier de sa classe, honneur assez stérile après tout, consacrera son temps et ses peines à devenir maître-clerc; il voit une carrière derrière les ennuis de l'étude des dossiers, et il travaille ; il ne voyait pas de but aux fleurs de rhétorique, et il s'endormait sur son banc : il y a des gens ainsi faits qu'ils ne sont pas contens de n'aller à rien, fût-ce par un chemin semé de roses. Paresseux au collège, actifs dans le monde, ceux que l'étude trouva froids se passionnent pour leur état. J'ai si souvent eu occasion de vérifier cette observation par de nouveaux exemples, que je commence à ne plus m'en étonner. Dans ce pêle-mêle de jeunes ambitions qui se croisent à la sortie du lycée, cherchez maintenant le banc d'honneur, cherchez les lauréats du concours, cherchez les premiers de la saint Charlemagne : la plupart, il n'y a pas de règle sans exception, auront perdu leur rang de combat; au barreau, à l'amphithéâtre, dans les écoles spéciales, dans toutes les carrières, ils se seront laissé devancer par leurs camarades : vainqueurs académiques, vaincus dans la vie positive.

A l'entrée dans le monde, il faut bien le dire, les passions vous attendent. Plus l'imagination est vive, plus les facultés sont excitables, plus l'empire des premières distractions a de force et de séduction. Une éducation toute littéraire, empreinte des pompes du paganisme, saturée de cette excitation fiévreuse que donne l'étude de l'art d'écrire; — étude périlleuse, car elle vous révèle toutes les forces de votre pensée, vous force à sonder tous les replis de votre cœur, vous fait courir après toutes les fantaisies de votre imagination ; — une pareille étude est un mauvais bouclier contre le goût des plaisirs. Ne fût-on entraîné qu'un instant par le tourbillon; — car il faut le dire à la louange de notre époque sérieuse, aujourd'hui on se dégoûte vite de ce qui n'est pas sérieux; l'œuvre du siècle est là bouillant dans la fournaise, qui appelle et excite les jeunes ouvriers de la génération présente; mais avant la vie politique, la vie d'affaires. — Ne fût-on entraîné qu'un instant par le tourbillon, il est déjà trop tard pour se façonner aux ennuis inséparables de tout début; que fait-on alors ? On entre trop tôt, ainsi que je le fais en ce moment, on entre trop tôt dans un ordre d'idées, dans une série d'occupations, qui ne demandent peut être pas seulement un cœur droit et des intentions pures, mais plus de maturité et d'expérience.

Quoi qu'il en soit, et pour revenir à l'éducation publique, voilà, ce me semble, de quelles idées simples il faut partir. L'éducation que j'appelle intelligentielle, l'éducation de l'esprit ne peut être organisée dans un pays de manière à répondre exactement à tous les besoins, à toutes les convenances sociales de chaque individu en particulier. Il n'y a que les éducations privées qui puissent suffire à cette tâche. Tout le mérite que l'instruction publique doit atteindre, c'est de combiner les généralités de l'enseignement avec les tendances les plus saillantes et les distinctions les plus marquées des populations. L'éducation des hommes doit nécessairement embrasser des connaissances générales, pour qu'ils puissent comprendre à peu près tout ce qui passe autour d'eux; c'est l'instruction préparatoire. Mais chaque homme doit acquérir de plus des connaissances spéciales qui lui permettent d'exceller dans l'état qu'il choisit : c'est l'instruction professionnelle. Maintenant, il faut féconder cette distinction par une autre qui repose sur la distinction des différentes classes de la société. Il y a diverses professions qui demandent des connaissances générales plus étendues : les médecins, les avocats, les littérateurs, les riches, les chefs d'industrie, doivent avoir sur toutes matières des notions plus variées et plus profondes que les manœuvres, les ouvriers, les pauvres. Ceci conduit à établir un maximum et un minimum de l'éducation préparatoire. Le minimum serait le programme des premières écoles ou écoles primaires; le maximum serait le programme des secondes écoles ou écoles secondaires. Le minimum formera la base de l'éducation du peuple, le maximum sera la base de l'éducation des classes moyennes, au-dessus desquelles il n'y a rien en France.

Le minimum comprendra, par exemple, les connaissances élémentaires (lire, écrire et compter), qui sont, sans utopie, nécessaires aux trente-trois millions d'hommes qui composent la population de la France; quelques notions géographiques, les premiers élémens des sciences sur les objets qui nous environnent et l'action naturelle des élémens; dans un autre ordre d'idées, la connaissance des devoirs que la société impose et des droits qu'elle garantit compléteront cet enseignement. Le maximum embrassera des notions d'histoire, de géographie moderne, de mathématiques simples, et de littérature nationale.

En dehors de ces élémens généraux et indispensables, je voudrais que l'éducation prît un caractère professionnel et spécial. Ainsi, par exemple, les études qu'on fait aujourd'hui dans les collèges deviendraient professionnelles pour les aspirans aux corps savans, à l'enseignement, les avocats, médecins, etc. On diviserait toutes les professions en un certain nombre de catégories. En recherchant avec soin les analogies des diverses études entre elles, il serait facile de créer un système d'enseignement professionnel, varié d'après les besoins des diverses catégories. Il est évident que l'enseignement général précède l'enseignement spécial. Celui-ci dans tous les cas ne devrait pas, à mon sens, commencer plus tard qu'à quatorze ou quinze ans. On ne donne pas assez tôt en France une carrière à la jeunesse. La condition de l'existence des hommes est le travail ; le prix du travail, c'est le salaire évalué en agent qui nous sert à satisfaire nos besoins et nos goûts. Il n'y a aucun inconvénient à apprendre cela de bonne heure aux enfans de toutes les classes, même par expérience. Je voudrais que dès le collège même, je voudrais que dans les écoles préparatoires, le travail des élèves eût une utilité réelle, une valeur marchande, et qu'il pût devenir pour eux; — oui, je le dis sans détour, qu'il pût devenir pour eux, — l'occasion d'un gain.

Deux exemples rendront ma pensée sensible. Je suppose un institut industriel, établi à la campagne, au milieu d'un pays manufacturier : quel inconvénient y aurait-il à ce qu'il y eût dans l'établissement des ateliers ouverts, où les élèves apprendraient à fabriquer eux-mêmes certains produits? Quel inconvénient même y aurait-il à ce que ces produits fussent vendus par le directeur au profit des élèves les plus habiles? J'y verrais pour ma part beaucoup d'avantages: celui d'inspirer à la jeunesse des idées sérieuses, d'offrir à son activité le but qui est après tout dans la vie le grand stimulant au travail, de créer pour les jeunes gens des relations utiles avec les capitalistes et les chefs d'industrie, de jeter comme un pont entre la vie du collège et la vie du monde, de combler l'abîme qui sépare malheureusement les éducations et les carrières. Soit encore un institut littéraire, à Paris ou dans une ville de province. Pourquoi les élèves les plus studieux et les plus avancés ne communiqueraient-ils pas aux journaux officiels, ou même à d'autres journaux, des articles purement littéraires ou scientifiques? Pourquoi n'y aurait-il pas un journal littéraire appartenant à l'institut? N'autorisez pas seulement, favorisez ce goût qui deviendra un stimulant plus actif qu'une distribution de prix : les prix ne sont souvent que le résultat du hasard d'une composition. D'ailleurs il faut les attendre une année entière. C'est mal connaître le cœur humain, et les dispositions particulières des enfans, que de leur offrir des récompenses à si longue échéance. Les prix d'ailleurs ont un autre inconvénient, c'est qu'il n'y en a pas assez pour tout le monde. Ils nourrissent dans l'esprit des jeunes gens des idées de lutte, qui les habituent à ne concevoir la gloire des uns que par la honte des autres. Mieux vaudrait les habituer à croire que la vie n'est pas une arène où il y a nécessairement des vaincus, et qu'il y a dans le monde à des degrés inégaux place pour toutes les aptitudes et pour tous les courages.

Ainsi vous initierez de bonne heure les hommes à la vie réelle, et quand viendra l'âge des passions, ils se trouveront armés contre la séduction que ces passions exercent. Les puritains diront sans doute que ce serait souiller la pureté de l'enfance, en répandant sur elle le souffle de l'intérêt et de la cupidité. — Ce serait fort beau, si on détruisait le principe des passions, en n'offrant pas aux penchans naturels l'occasion de s'exercer. Mais il n'en est pas ainsi : les passions privées d'alimens grandissent en silence. Par une fausse peur de donner des défauts à la jeunesse, nous préparons des vices pour les hommes faits. Car, je ne sache pas que la génération actuelle, pour avoir été nourrie au collège des exemples d'Epaminondas, prince Thébain, qui n'avait qu'un manteau, et se mettait au lit quand il devait envoyer ses hardes chez la blanchisseuse ; je ne sache pas que la génération actuelle ait un grand dédain pour le luxe, ni qu'elle offre de bien beaux modèles de désintéressement. Je ne sache pas que la jeunesse moderne, pour avoir été élevée dans les lycées à n'avoir en poche que vingt sous par semaine, je ne sache pas que la jeunesse moderne en soit moins âpre au gain une fois qu'elle a mis le pied dans le monde, et qu'elle se rue avec moins de fureur sur les sinécures et sur les places, quand elle peut, grâce à quelque protection, bénéficier du budget.

Les idées que je viens d'émettre sur la nécessité de rendre de bonne heure le travail des enfans pratique et productif, me paraissent justifiées en théorie par la raison : on peut se convaincre qu'elles sont réalisables par l'expérience qui en a été faite dans un important établissement. Une école centrale des arts et manufactures, destinée à former des ingénieurs civils, des directeurs d'usines, des chefs de manufacture, a été créée en 1830. Le succès de cet établissement ne pouvait manquer de répondre aux espérances de ses fondateurs, car il était conçu d'après une idée juste et calculée de manière à satisfaire un besoin de notre société. Il a éminemment le caractère professionnel que nous disons devoir être plus que jamais le cachet de l'éducation publique. Je trouve ce caractère dans la rédaction d'un journal scientifique, dépendant de l'école même, dans la possibilité pour les élèves de faire exécuter sous leurs yeux des machines et confectionner des produits. Les meilleurs plans sont imprimés aux frais de l'école, et des médailles sont décernées à leurs auteurs ; les élèves les plus forts, à la fin des études, peuvent, s'ils le désirent, rester attachés à l'école centrale comme répétiteurs. On comprend au reste que je ne cite ces exemples que pour montrer précisément comment il serait possible de les varier à l'infini.

Quand on regarde en face le vieil édifice de l'université, on ne tarde pas à voir que c'est un monument fait de pièces et de morceaux, n'offrant à l'œil étonné qu'un bizarre assemblage d'élémens disparates. Tous les principes sont confondus, la liberté avec les traditions du despotisme, la philosophie avec les souvenirs ultramontains ; le caractère de l'éducation préparatoire et le caractère de l'éducation professionnelle y sont confondus. Il y a un grand nombre de carrières qui ne trouvent dans l'éducation aucun élément avec lequel elles puissent cadrer. L'industrie, qui dans l'état est tout, dans l'enseignement n'est rien ou peu de chose. Il serait injuste de dire que le gouvernement n'a absolument rien fait pour l'enseignement industriel. Le conservatoire des arts et métiers, les écoles de Châlons et d'Angers, l'école des mineurs de Saint-Étienne, les écoles d'ouvriers, établies dans plusieurs villes à la demande de M. Dupin, toutes ces institutions annoncent bien quelques efforts ; mais en songeant au rôle immense que l'industrie est appelée à jouer en France, on trouvera encore singulièrement restreinte la part qu'on lui a faite dans l'éducation. Nous avons une loi telle quelle sur l'instruction primaire, mais nous attendons encore la loi sur l'instruction secondaire, loi toujours promise et toujours ajournée.

Le gouvernement de juillet avait deux choses à faire dans le département de l'instruction publique : recréer par une loi générale tout le système de l'enseignement, s'il voulait s'en réserver le monopole, ou bien proclamer la liberté de l'enseignement. Des engagemens solennels avaient été pris à cet égard ; jusqu'à présent les circonstances politiques, la mauvaise volonté des gouvernans ont fait ajourner l'accomplissement des promesses de la Charte. M. Villemain, en se pressant davantage, aurait pu attacher son nom à une grande œuvre ; il en a laissé échapper l'occasion. Le nouveau ministre de l'instruction publique sera-t-il plus heureux, plus habile ? Ses ordonnances récentes sur les études de droit semblent indiquer le désir de marquer utilement son passage aux affaires, quoique les velléités de progrès que ces ordonnances revèlent soient bien timides encore, il faut en convenir.

Il faudra bien cependant qu'un jour la pensée de ce siècle imprime son caractère à l'enseignement, que les collèges, au lieu de ressembler à des couvens où la jeunesse se corrompt et s'ennuie, deviennent accessibles à tous les progrès du bon sens et de la raison publique. Donnez un peu d'air et d'espace à ces enfans qui étouffent et s'étiolent dans une vie sédentaire, sous le joug d'une absurde routine. Si vous craignez la corruption des grandes villes, en ôtant quelque chose à la sévérité du régime claustral de vos maisons d'éducation, imitez les anciens qui les éloignaient des grandes villes. En Grèce, du temps de Platon, toute la jeunesse d'Athènes habitait les jardins répandus dans les campagnes qui environnaient la capitale de l'Attique. C'est là que, loin des cris importuns du vulgaire, la Grèce vit se former à peu de frais tant de grands hommes. Imitez cet exemple, vous en recueillerez économie, salubrité, moralisation ; mais surtout, surtout, restituez à l'éducation le caractère professionnel qui lui manque essentiellement. Fécondez le principe que la Convention a déposé dans le bureau même de la législation en matière d'enseignement public. Elle imposait aux instituteurs de rendre souvent les enfans témoins des travaux des champs et des travaux des ateliers, et de leur y faire prendre part dans la mesure de leurs forces.

Désormais toute bonne loi sur l'instruction publique devra adopter pour devise : Alliance de la pratique à la théorie.

## ORGANISATION DE L'INDUSTRIE.

Si l'on me demandait quel est aujourd'hui le problème le plus urgent à résoudre, je répondrais sans hésiter : « c'est le problème de l'organisation de l'industrie », d'accord en cela avec tous les organes de l'opinion publique. Il n'est presque pas un journal qui, dans ses momens de bonne foi, n'ait confessé la vérité à cet égard. Je n'en excepte pas les journaux même qui ont successivement passé pour exprimer la pensée des divers ministères. Organiser l'industrie est le seul moyen de rendre aux classes nombreuses la dignité en leur procurant le bien-être; le seul moyen de donner au gouvernement représentatif un caractère de vérité, en ne laissant plus à l'état de pures fictions la plupart des droits consacrés par la Charte. Je crois qu'il n'y a pas d'autre remède pour combattre cette lèpre affreuse de la misère qui ronge le corps social : et ici, j'ai besoin de protester par quelques mots contre l'aveuglement ou la dureté de ceux qui doutent ou affectent de douter de l'existence du mal lui-même. Les optimistes abondent, qui, prenant aisément leur parti des souffrances des autres, crient à l'exagération quand ils entendent déplorer le malheur des classes les plus nombreuses de la société. J'ai vu des tables de statistique, où l'on estime qu'en France six millions d'individus vivent avec moins de trente centimes par jour. Doutez-vous de l'exactitude de tels calculs? Ils ont cependant une certaine valeur approximative : mais comme après tout ces chiffres peuvent n'être pas rigoureusement exacts, je comprends qu'on s'en défie. Laissons donc les chiffres ; ouvrons les yeux, interrogeons nos souvenirs ; ne suffit-il pas d'avoir pénétré dans la cabane du paysan, dans la chambre de l'ouvrier pour être profondément ému des misères qu'elles cachent aux yeux? Il faut, il est vrai, établir une distinction entre la campagne et les villes. La misère, dans les villages, a quelque chose de plus grossier mais de moins déchirant que dans les grands centres de population comme Paris : c'est là qu'elle est véritablement hideuse à voir. On ne peut songer sans frémir qu'à Paris et dans quelques unes des principales cités de nos départemens, il y a des gens qui meurent de faim.

Chaque jour les journaux enregistrent quelques uns de ces faits sinistres : dernièrement le pavé de Besançon retentissait sous la chûte d'un vieillard mort de besoin sur la place Saint-Pierre. Une autre fois, un homme tombe sur la route de l'Aigle, à Dreux; j'ai faim, j'étouffe, s'écrie-t-il : on le relève, et on reconnaît en lui un vieil officier de marine, qui n'avait pas mangé depuis plusieurs jours. Hier, c'était un ouvrier qui se jetait du haut du pont Louis XVI dans la Seine, pour échapper à la misère; on essaie de le sauver, il se débat, et c'est malgré lui qu'on le rend à cette existence qu'il maudit. Aujourd'hui, c'est un père de famille qui se jette à l'eau avec ses deux fils ne pouvant les nourrir. A Paris, les tribunaux de police correctionnelle condamnent tous les jours à la prison des malheureux dont le seul crime est de n'avoir ni domicile pour reposer leur tête, ni pain pour soutenir leur vie. Dans une sphère plus élevée que la sphère de ceux qui vivent du travail de leurs mains, l'instruction et le génie ne sauvent pas toujours de la faim. Il n'y a pas longtemps que la place de Gilbert à l'hôpital était de nouveau remplie. La victime cette fois s'appelait Hégésippe Moreau; poète, il avait l'intelligence et le cœur, et cependant il n'a pu trouver sa place dans ce monde. Un beau matin, la société s'est émue aux accens des plus touchantes poésies : mais il était trop tard, le poète n'existait plus, il était mort de misère sur un grabat. Est-il donc impossible de soulager les misères de tant d'hommes qui souffrent? Voilà la question que je m'adresse, voilà ce que tout le monde devrait se demander, voilà le grand problème à étudier. Voilà où les gouvernemens, les écrivains, tout ce qui pense, tout ce qui écrit, tout ce qui a un cœur, une plume, tout ce qui a une influence, devraient se rencontrer. Il ne faut ni tiédeur, ni temporisation, il faut se mettre à l'œuvre avec ardeur. Ah! s'il était prouvé que les maux de toute espèce qui affligent la société sont inévitables, je comprendrais qu'on se tînt tranquille. Mais, Dieu merci, cette preuve n'est point faite. Aussi ne puis-je assez m'étonner de la quiétude des riches et de la tranquillité des pauvres. L'égoïsme des uns me révolte : avec quelle indifférence ils jouissent sans se préoccuper de ceux qui souffrent à côté d'eux! avec quel dédain ils accueillent les idées nouvelles des penseurs qu cherchent à émanciper leurs frères ! L'apathie des pauvres me confond ; ils travaillent, gémissent, se tuent, je ne dirai pas sans se plaindre, mais sans faire presque d'efforts pour changer les conditions d'une vie si malheureuse, sans saisir les ressources qui sont à leur portée pour y échapper. Quand la mesure est comble, quand la faim les pousse, un jour de disette, ils protestent par des émeutes et par des crimes contre l'ordre social, effrayant les riches par des scènes de brutalité et de barbarie, qui vont directement contre le but qu'ils se proposent; mais en temps ordinaires ils sont trop apathiques pour préparer par des moyens légaux leur émancipation et leur participation au bien-être social. En général, on pose mal la question : on la pose entre ceux qui ont et ceux qui n'ont pas; c'est lui donner un caractère irritant qu'elle ne comporte pas, c'est partir d'un mensonge : les gens qui n'ont absolument rien sont une exception. Il vaudrait mieux dire que tout le monde est propriétaire depuis le banquier jusqu'au mendiant, du plus au moins : le mendiant n'est-il pas propriétaire de ses haillons? remontez un peu plus haut, vous trouverez chaque individu muni d'un petit capital mobilier, d'instrumens de travail, et ainsi jusqu'au millionnaire. Richesse et pauvreté sont deux mots qui n'ont rien d'absolu : ils n'expriment qu'un rapport. La phrase sacramentelle avec laquelle on se console d'être opulent, — « il n'y aurait pas de riches, s'il n'y avait pas de pauvres. » — est tout simplement une bêtise. Détruire le paupérisme n'est pas un problème insoluble. La pauvreté n'est pas un vice de nature, mais le résultat d'un mauvais travail, ou d'un travail mal organisé ! En France, les classes moyennes s'enrichissent parce qu'elles savent mieux les affaires que le peuple ; le peuple s'appauvrit, parce qu'il les sait moins. L'infériorité des classes ouvrières provient de l'état d'isolement où elles vivent. Le remède au mal, c'est l'association. L'association ! puissance colossale, dont on commence à se douter en France. Les riches qui s'en sont aperçus les premiers sont associés; les pauvres à qui l'association serait plus nécessaire, ne le sont pas. Quand je regarde au faîte de la société, je ne vois qu'associations de toutes espèces pour conserver de grands capitaux ou faire fructifier de grands biens immobiliers.

Que sont les syndicats d'agens de change, les chambres de notaires, les conseils supérieurs du commerce, sinon des associations de riches? Les intérêts des banquiers ne sont-ils pas organisés d'une manière sensible par l'administration savante de la banque de France, qui ne profite qu'au grand commerce? Mais, quand mes yeux descendent, ils ne rencontrent plus que des individus isolés et recevant la loi des plus forts. Manquant pour la plupart de lumières et d'éducation, ils ne peuvent rien individuellement. Isolés, les ouvriers sont toujours dupes des agitateurs politiques et victimes des institutions qui semblent, au premier abord n'exister que dans leur intérêt. Les révolutions se font à leurs dépens, mais elles leur profitent moins qu'aux intrigans qui montrent leurs plumets et traînent de grands sabres le lendemain de la bataille. Isolés, les ouvriers voient leur condition devenir plus précaire de jour en jour, malgré les progrès des sciences et des arts. Artisans du luxe, ils sont les seuls à n'en pas profiter; ils accroissent sans cesse le superflu des heureux de la terre, sans que leur nécessaire en devienne plus abondant. L'association seule pourrait changer les conditions du milieu social dans lequel vivent les classes pauvres. Il faut se hâter de porter ce puissant levier au sein même des populations ouvrières, avant que l'aristocratie d'argent ne soit tout-à-fait constituée. A l'association des capitaux, qui a produit l'agiotage, opposons l'association du travail, d'où naîtra la prospérité publique.

En invitant les classes, qui vivent de travail, à s'organiser par l'association, nous n'entendons point parler, qu'on ne se méprenne pas sur notre pensée, d'association illégale, d'association violente, conduisant à des émeutes. Non : sous un régime de publicité, avec les droits dont nous jouissons déjà, la révolte à main-armée contre la société est un non-sens. C'est par l'association pacifique, l'association au grand jour, que les classes ouvrières doivent conquérir la place qui leur appartient. Du jour où tous les ouvriers de Paris seront unis entre eux par un lien quelconque d'association, une révolution pacifique s'opérera dans l'organisation et dans la distribution du travail.

Malheureusement on a embrouillé cette question avec du pédantisme et des lieux communs. Quelques écrivains, trop préoccupés du point de vue historique, vont fouiller à plusieurs milliers d'années en arrière les origines du prolétariat, puis au moment de conclure, ils s'arrêtent, laissant le problème éclairé pour le passé, non résolu pour l'avenir. D'autres esprits croient avoir tout fait en dissertant à perte de vue sur l'association, sans proposer de modes particuliers de la mettre en pratique. Il est temps enfin de sortir des généralités. Les théories qui ne s'appuient pas sur les vérifications journalières de l'expérience, roulent dans le vide et se recommencent indéfiniment, sans aucune utilité réelle. Qu'importent des systèmes plus ou moins ingénieux, quand la société ne ressent pas encore le contre-coup de la science ? Si nous voulons que les philosophes marchent en avant, disait Diderot, « Approchons la foule du point où en sont les philosophes. » Un autre malheur, c'est que beaucoup de ceux qui jusqu'à présent se sont occupés de ces questions, économistes, disciples de Saint-Simon, disciples de Fourier, ont apporté un plan complet d'organisation : ils ont prétendu faire entrer de vive-force les classes ouvrières dans un cadre tout fait. C'est mal connaître les lois universelles du progrès. Dans toutes les questions, soit politiques, soit industrielles, le bien s'opère par de longs tâtonnemens, par un développement progressif et parallèle des faits et des idées. On n'organisera pas plus les classes ouvrières, en vertu des déductions logiques d'un seul système, qu'on ne couvrirait la France de rail-ways, à l'aide d'un seul mode de construction. Jamais le bien ne se revèle aux hommes, jamais le succès ne se laisse atteindre, sans les fautes et les enseignemens de l'expérience. D'ailleurs les gouvernemens représentatifs ne sont pas organisés pour atteindre d'un seul bond à ces grandes réformes, que dans le cours des siècles le génie d'un despote peut réaliser en quelques mois. Si Bonaparte s'était mis en tête d'organiser l'industrie par un seul jet de son génie créateur, peut-être y eût-il réussi : mais aujourd'hui, à une époque de liberté et de discussion, les changemens doivent s'opérer graduellement, d'une manière insensible mais sûre. Les philosophes qui s'appliquent à trouver une formule universelle d'association perdent leur temps : qu'ils renoncent à leur chimère. Les économistes qui font des systèmes, se posant de futiles objections pour les résoudre, bâtissent en l'air : qu'ils laissent là leurs livres commencés : ce n'est pas de cela qu'il s'agit. Il faut d'abord envisager l'association comme un moyen d'étudier les faits : le problème est encore à l'étude ; seulement il est important qu'il sorte des limbes de la théorie, pour entrer dans l'examen des réalités.

Il y a dès aujourd'hui dans les classes ouvrières des germes d'association : il faut les reconnaître, les signaler et ensuite les féconder et les étendre. Suivant les professions, suivant les lieux, ces germes d'association ont une physionomie différente, soit qu'ils se rattachent aux traditions des corporations détruites en quatre-vingt-neuf, soit qu'ils soient puisés à la source presque tarie maintenant des institutions franc-maçoniques, soit enfin qu'ils soient le produit spontané et nouveau de ce besoin qui se fait universellement sentir dans la société ! Il faut savoir tenir compte de toutes ces différences. Il faut chercher les élémens du problème dans la mise en lumière de l'état présent où sont parvenues les classes ouvrières. Quels sont les états d'où sortent les lèpres de la mendicité et de la corruption ? Qu'elles sont les professions où le travail est le moins rétribué ? Nous devrions le savoir et nous ne le savons pas. Il nous faut avant tout une monographie de chaque industrie. Son histoire, son avenir, ses conditions de succès, les chances de gain et de perte doivent être connus. C'est la condition indispensable, avant qu'on songe à toucher à l'industrie par des lois ou des institutions, car, avant d'appliquer le remède, il faut connaître le mal. La science à cet égard ne sera commencée que du jour où le goût des associations sera développé parmi les classes ouvrières. Quelles seront les formes de ces associations ? C'est ce qu'il est impossible de prévoir d'une manière certaine et absolue, mais il est facile de s'en faire une idée approximative. Demain pour les pauvres, comme aujourd'hui pour les riches, le principe se prêtera aux mille et une formes, aux mille et un caractères dont il est susceptible, caisses d'épargne, sociétés de bienfaisance, assurances mutuelles et autres. C'est ainsi seulement que l'éducation du peuple peut se faire, et c'est de lui, ou du moins des organes qui surgiront dans son sein par la discussion de ses affaires d'intérêt, et en dehors de toute préoccupation politique, que nous pourrons apprendre les secrets de son avenir.

Le gouvernement sent parfois lui-même combien sont insuffisantes les connaissances que nous avons aujourd'hui sur l'organisation de l'industrie ; aussi le voit-on à certaines époques recourir pour s'éclairer à des moyens extraordinaires, et provoquer des enquêtes. Mais qu'arrive-t-il? c'est que les industriels pris au dépourvu ne savent, pour la plupart du temps, que répondre au gouvernement; ou bien ils ne lui donnent que des notions confuses et contradictoires. Rien dans leur éducation, dans leurs habitudes journalières ne les a préparés à envisager d'un point de vue général, élevé, l'industrie qui les fait vivre. Ils n'en savent que ce qui les touche de près. Comme ils suivent des traditions toutes faites, des routines transmises de père en fils, ils sont souvent très mauvais juges de leurs propres intérêts. Leurs réponses ne peuvent donc être pour la science qu'une base incertaine et dangereuse. Quand les conditions du métier qu'ils savent faire changent à leur insu, ils s'irritent au lieu d'innover, s'entêtent au lieu de s'abstenir. A cet égard, des compagnies seraient toujours plus éclairées que les particuliers, parce que les individus puisent des lumières dans les délibérations publiques. Si les industriels faisaient partie d'associations de divers genres, les enquêtes ne seraient plus nécessaires ou plutôt les industriels seraient en état d'enquête perpétuelle. D'ailleurs, les enquêtes à époque fixe ont un grand inconvénient qui empêche que la vérité puisse en sortir. Elles paraissent toujours une indiscrétion à ceux dont on provoque les réponses. On ne peut même disconvenir qu'il n'y ait beaucoup de justesse et de bon sens au fond de la défaveur qui les accueille. Comment voulez-vous qu'à un jour donné, un industriel vienne vous révéler le fort et le faible de son industrie, sans savoir si vous n'abuserez pas contre lui dans l'intérêt général des notions qu'il vous aura données? Il est prévenu que le lendemain vous imprimerez, à grand fracas, dans les journaux, tous les renseignemens recueillis par l'enquête. Ne doit-il pas craindre de donner à ses rivaux le secret des succès qu'il obtient sur eux? C'est là, vu le système de concurrence qui domine toute notre industrie, une considération plus puissante qu'on ne croit. Qu'en résulte-t-il? C'est que les habiles se taisent et que les enquêtes ne produisent pas tout le bien qu'on en attendait, témoin l'enquête de 1834. En cette circonstance, outre les inconvéniens généraux des enquêtes, il s'en est rencontré de particuliers, de spéciaux à l'époque même où la dernière a été faite. Le malaise de l'industrie se fait surtout sentir parmi les classes qui vivent de salaires. Ce sont celles qui souffrent le plus, et dont, par conséquent, la situation attend les remèdes les plus efficaces et les plus décisifs. Pour répondre aux besoins de l'époque, l'enquête de 1834 aurait dû être faite au point de vue des classes ouvrières; c'est précisément ce qui n'a pas eu lieu. On a suivi d'anciens erremens, et on s'est placé au point de vue des fabricans. L'idée n'était pas heureuse, car c'était interroger les vainqueurs sur la condition des vaincus. Le fabricant et le commerçant appartiennent aux classes moyennes au profit de qui se sont accomplies les révolutions de 89 et de 1830. Ce n'est pas d'eux qu'il doit s'agir aujourd'hui, ce n'est pas dans leur intérêt qu'il faut recourir à des enquêtes ou trouver des moyens meilleurs pour y suppléer, c'est dans l'intérêt des ouvriers, des prolétaires, de tous ceux qui vivent du travail de leurs mains.

Le gouvernement ne s'occupe pas d'eux, et il a tort. La question des salaires, dans les données historiques où la France se trouve placée, a une immense gravité. Ne voit-on pas ce qui se passe en Angleterre où la crise est encore plus avancée que chez nous? Qu'on ne s'y trompe pas, nous ne sommes plus en 89, où le tiers-état c'était la nation. Le tiers-état a marché vite, et il a laissé derrière lui le gros du peuple. Le tiers-état, c'est le pays légal, comme dit M. Guizot, ce qui entraîne comme conséquence qu'il y a une grande portion du pays qui ne profite que peu ou point des lois. Eh bien! il y a aujourd'hui un effort ascensionnel de cette partie de la société pour entrer dans les voies où les classes moyennes se sont depuis longtemps engagées. Vouloir empêcher ce progrès serait folie. Si on lui résistait, il briserait le tiers-état sur son passage, comme le tiers-état a brisé la noblesse. Mais il est possible de régulariser le mouvement en s'y prenant de bonne heure, le péril n'est encore qu'un point noir à l'horizon, il ne faut pas le laisser s'approcher et grandir. N'oublions pas que les choses et les hommes vont vite sur la pente historique d'un siècle. Si nous voulons éviter la guerre, hâtons-nous de préparer les conditions d'un traité de paix en étudiant les intérêts opposés, mais surtout, surtout allons au cœur du mal.

Nous avons déterminé les caractères généraux de l'utilité des associations, il est temps de rechercher les meilleurs modes d'application de ce principe. Les associations que nous voudrions voir s'étendre et se populariser en France, avant toutes les autres, ce sont les associations de bienfaisance, les sociétés de secours mutuels. Des compagnies de ce genre existent déjà en assez grand nombre à Paris et dans les provinces; ce qui leur manque, c'est une publicité suffisante : il faut que la presse, en portant à la connaissance de tout le monde l'organisation et l'histoire de ces sociétés, ouvre devant elles une voie de progrès plus large. Déjà la société philanthropique, une des institutions de bienfaisance les plus utiles aujourd'hui, a senti le besoin de se mettre en rapport avec les diverses associations de secours mutuels qui existent actuellement, afin de les rallier à un centre commun. Elle a fait appel à ces compagnies et nommé une commission pour recevoir leurs communications, examiner les statuts, lorsqu'ils lui sont soumis, donner des conseils ou provoquer des encouragemens. Grâce à cette idée on s'est procuré des documens statistiques, qu'on aurait pu difficilement obtenir autrement. Les renseignemens parvenus ont révélé l'existence de plus de deux cents sociétés de prévoyance et de secours mutuels établies à Paris. Dans le nombre, il y en a de fort anciennes; l'une d'elles, la société Sainte-Anne, remonte par la date de sa fondation à l'année 1694 : ainsi, elle a traversé sans se dissoudre toute la révolution française. Le nombre des sociétaires répartis dans les diverses compagnies, est d'environ douze mille. Depuis le commencement de ce siècle, elles se sont accrues dans une proportion à peu près uniforme. Les compagnies de ce genre peuvent varier dans leurs formes et dans leurs statuts, mais elles se caractérisent suffisamment par le but qu'elles se proposent : ce but est de venir au secours, au moyen des fonds mis en société, de tous les sociétaires qui tombent malades ou se trouvent sans ouvrage. L'actif se compose d'une première mise de fonds, des cotisations et des amendes; le chiffre des unes et des autres n'est pas en général très élevé, et cependant, grâce au principe de la mutualité, les sociétés peuvent remplir leur objet, et un grand nombre d'entre elles ont encore des fonds placés à la caisse d'épargne. Notre préférence pour ce genre d'associations n'est pas difficile à expliquer : elles ont d'abord à nos yeux l'avantage de reposer sur une base essentiellement morale, avantage immense, en entrant dans une carrière de progrès, où tout est à faire, où l'on n'est lié par aucun précédent, et où par conséquent il importe de bien commencer. On ne saurait trop désirer que les premiers pas que le peuple fera dans la voie des associations légales, il les fasse sous l'inspiration de sentimens généreux, parce qu'alors le point de départ sera comme une garantie de moralité pour l'avenir. Ces associations d'ailleurs, n'ayant rien d'inquiétant pour le pouvoir, le pouvoir, s'il est sage, ne leur sera point hostile, il tiendra au contraire à les appuyer de son concours. Enfin par leur organisation, par le but où elles tendent, leur effet infaillible sera de porter remède aux maux, et de guérir les vices des classes auxquelles nous voulons les appliquer.

Pourquoi l'existence des hommes, qui vivent de salaires, est-elle si difficile, si précaire ? C'est qu'ils n'ont pas toujours la possibilité ou le courage de faire des économies; ils ne sont assurés par conséquent d'avoir du pain qu'au jour le jour, et les grandes villes regorgent d'une population où l'existence des familles est perpétuellement suspendue sur l'abîme de la misère, entre deux écueils, la maladie et le manque d'ouvrage. Si le chef tombe malade ou ne trouve pas de travail, sa ruine, celle de sa femme et de ses enfans est consommée, faute de ressources pour attendre des temps meilleurs. Le mont-de-piété engloutit le chétif mobilier que ses propriétaires ne retrouveront plus, et les membres dispersés de la famille du pauvre vont remplir les hôpitaux, les maisons de prostitution et les bagnes. La création des caisses d'épargne a été un grand bien sous ce rapport, en inspirant aux ouvriers le goût des économies par la possibilité d'en faire. Les sociétés de secours mutuels auront le même résultat, mais leur influence, décuplée par les ressources et les avantages de l'association, sera bien autrement efficace. De même que les caisses d'épargne ont été un progrès sur les économies particulières, les sociétés de secours mutuels seront un progrès sur les caisses d'épargne, dont au reste elles favorisent le développement au lieu de leur faire concurrence, ainsi que nous le verrons plus tard. Si des ouvriers sont assez sages et assez prudens pour retrancher sur leurs plaisirs du moment dans un intérêt d'avenir et pour porter à la caisse d'épargne le surplus de leur journée, c'est de leur part un acte de sagesse et de prudence individuelle et isolée. Concevez au contraire un ouvrier sociétaire d'une compagnie de secours mutuels; il est en quelque sorte forcé à l'économie par l'exemple de ses associés, et si entraîné par quelque mauvaise passion, il voulait cesser de mettre en commun une légère partie de ses salaires de chaque jour, il serait retenu par la crainte de perdre ses premières avances en renonçant aux avantages et aux charges de l'association. Sous un autre point de vue, les sociétés de secours mutuels ont encore un avantage sur les caisses d'épargne, c'est que celles-ci ne font profiter le déposant que de ses propres avances, au lieu que les associations mettent les chances de tous en commun, de manière que chacun est sûr, pour une modique rétribution, de trouver au moment même où il en aura le plus besoin, un petit capital qui le préservera d'une ruine complète.

Parmi les sociétés de secours mutuels que nous connaissons, les unes admettent des sociétaires appartenant à toutes les conditions sociales, d'autres se recrutent exclusivement parmi les ouvriers d'une même profession. La distinction par état a un avantage à nos yeux, c'est que la communauté d'intérêt professionnel est un lien de plus entre les associés. Il faut remarquer d'ailleurs que ce n'est plus ici une association de capitaux, mais bien une association de travail. Pour qu'elle soit morale, pour que les chances soient véritablement égales pour tous, il est nécessaire que chacun dispose à peu près des mêmes ressources, et sorte de la même condition ; cependant, quelques inconvéniens sont attachés à ce mode de constitution des caisses de secours. Composées d'ouvriers de même état, elles deviennent aisément exclusives, peuvent dégénérer en coalitions, et nourrir entre les divers corps d'état ces préjugés gothiques dont le temps a fait justice en détruisant les anciennes corporations. On peut combattre cette tendance par des statuts conçus et écrits avec sagesse ; en déclassant trop le personnel des caisses de secours, on ôterait au progrès de la classe ouvrière la spécialité qui fera sa force et qui assurera son succès. Au surplus, rien n'empêche que les deux systèmes ne continuent à être employés parallèlement, ainsi que cela se pratique aujourd'hui ; de cette manière, la supériorité relative de l'un sur l'autre ne tardera pas à se dessiner quand les faits seront mieux connus.

Il se présente encore une autre question fort importante, celle de savoir sous quelle forme légale de pareils contrats de société peuvent se réaliser, de rechercher si ces associations sont autorisées par l'état actuel de la législation, et de déterminer enfin le point précis où commence l'intervention légitime du pouvoir. Remarquons d'abord qu'elles ne rentrent en aucune manière dans la définition des sociétés de commerce. Ainsi, par exemple, elles ne seront point astreintes comme les sociétés anonymes à l'autorisation royale : ce sont de véritables sociétés civiles. Le Code qui a tracé les règles des sociétés civiles ne pose point de limites au nombre de ceux qui pourraient en faire partie : d'autre part, aucun texte de loi ne défend les associations en général, et le législateur n'aurait pu retirer d'une main ce qu'il donne de l'autre, en traçant lui-même des modèles d'associations. Les lois de septembre même ne proscrivent que les associations politiques. Nous sommes donc entièrement convaincus que si une société de ce genre pouvait se réaliser par le fait seul d'un acte de société couvert de cinq cents signatures, le pouvoir n'aurait nullement le droit de s'en mêler.

Mais il est évident que pour qu'une compagnie puisse agir, et même pour qu'elle puisse se constituer, des réunions plus ou moins nombreuses, plus ou moins fréquentes entre ses membres sont nécessaires. Ici commence le droit et la possibilité d'intervention de la part du pouvoir : il est certain que l'administration seule aurait le droit d'autoriser les sociétaires à se réunir en nombre supérieur à celui que permettent les lois : mais quel intérêt aurait-elle à refuser cette autorisation aux compagnies, si elle était bien convaincue que leur but n'a rien de politique? Et au nom de quel principe denierait-elle aux pauvres une faculté qu'elle accorde si aisément aux riches? Il n'est pas besoin d'une longue méditation pour comprendre les avantages moraux qui résulteraient de l'organisation des sociétés de secours mutuels; tous les sociétaires sont intéressés au travail de chacun. Moins d'égoïsme entre eux; ils cherchent de l'ouvrage les uns pour les autres : l'ouvrier n'est plus isolé! Il vit au grand jour, il a ses pairs pour juges ; la paresse et la débauche essaieraient vainement de tromper des gens intéressés à voir clair. Un sociétaire malade, recevant des secours, qui serait surpris par les visiteurs en état d'ivresse, perdrait immédiatement ses droits. Un homme flétri par un jugement de police correctionnelle ou de cour d'assises, est exclu de la société ; aujourd'hui, les philanthropes qui s'occupent du peuple, de son sort, de son amélioration morale, ne savent par où le prendre : ils se trouvent en présence d'une multitude d'individus isolés, anarchiques par caractère et par position ; le peuple est insaisissable si on ne le divise par l'association. Sans doute, le problème de l'organisation de l'industrie ne sera pas résolu par cela seul que les caisses de secours mutuels seront devenues un fait social plus général et mieux connu : mais tout au moins aura-t-on fait un grand pas vers la solution de ce problème. Ne voyez-vous pas en effet comme tout change d'aspect; les prolétaires, au lieu de se soulever quand le besoin les pousse à la révolte, auront auprès des classes qui le gouvernent par le fait des intermédiaires accrédités, qui pourront préparer la conciliation sur les intérêts en lutte. Comme à tout corps il faut une tête, les compagnies auront un chef élu qui présidera les assemblées générales. Vienne alors quelque grande question intéressant toute l'industrie, par qui pourrait-elle être plus pertinemment traitée que par des commissions composées des délégués de chaque profession? Ici, au reste, nous n'inventons rien : nous ne faisons que demander l'application aux ouvriers de ce qui a lieu tous les jours pour les commerçans, les fabricans et pour tous les capitalistes. Quand les intérêts des fabricans de sucre de betterave ont été menacés, quand l'inquiétude s'est répandue parmi les propriétaires d'offices, au bruit des réformes annoncées par M. Teste, n'a-t-on pas vu les intéressés se réunir et des députations sortir de leurs rangs, pour appuyer auprès du gouvernement leurs réclamations? Eh bien! pourquoi les classes ouvrières ne chercheraient-elles pas à se prévaloir des mêmes avantages? Pourquoi n'emploieraient-elles pas les mêmes moyens, qui ne blessent en rien la légalité pour porter à la connaissance du gouvernement l'expression de leurs besoins? Qu'on se rappelle l'idée de M. de Lafayette d'organiser la garde nationale, et l'influence que la réalisation de cette idée avait fini par lui donner. Autres temps, autres besoins. Ce n'est pas d'une organisation militaire que nous avons besoin aujourd'hui, mais bien d'une organisation pacifique. Le délégué de la petite industrie, de quelque nom qu'il se nomme, et quelque sujet qu'il traite, sera sûr d'être écouté, quand il parlera au nom de cent mille personnes et qu'il montrera ses lettres de créance.

Il y a aujourd'hui un compte bien difficile à faire, c'est le compte du capitaliste et du prolétaire, le compte du fabricant et du manouvrier, le compte du producteur et de l'acheteur. A chaque instant a lieu dans le champ de l'économie publique une lutte qui est le nœud même de la vie des peuples en société, c'est la lutte sur le taux des salaires et sur le prix des denrées. La société fait comme Alexandre, elle tranche le nœud avec le glaive. Quand les ouvriers se soulèvent, le pouvoir fait appel contre eux à la puissance des baïonnettes. La répression à force ouverte est un moyen sans doute, mais la répression, sans parler de ses cruelles nécessités, est un moyen insuffisant, qui ne remédie qu'aux dangers de la situation présente, sans faire disparaître la cause des désordres dans l'avenir. Au surplus, que le pouvoir commence par réprimer les émeutes d'ouvriers, c'est son droit et son devoir. Dès qu'une coalition se forme pour ne plus travailler ou pour ne plus donner à travailler, il y a trouble dans la société. Le pouvoir ne peut rester spectateur indifférent de ce trouble. Le législateur lui-même a réprimé les coalitions dans deux articles du

Code pénal ; mais la loi n'est pas impartiale : elle ne tient pas la balance d'une manière équitable entre les maîtres et les ouvriers. L'article 414 du Code pénal punit la coalition des maîtres d'un emprisonnement de six jours à un mois, et d'une amende de deux cents francs à trois mille francs. L'article 415 du même Code dispose : — « Toute coalition de la part des ouvriers pour faire cesser en même temps de travailler, interdire le travail dans un atelier, empêcher de s'y rendre et d'y rester avant ou après de certaines heures, et en général pour suspendre, empêcher, enchérir les travaux, s'il y a eu tentative ou commencement d'exécution, sera punie d'un emprisonnement d'un mois au moins et de trois mois au plus. Les chefs ou moteurs seront punis d'un emprisonnement de deux à cinq ans. » — Ainsi quel est le délit atteint le moins sévèrement ? C'est le plus dangereux et le moins excusable. La coalition des maîtres est moins excusable que celle des ouvriers, car ces derniers manquent d'instruction et de lumières. Elle est plus dangereuse : qu'un ouvrier ne travaille pas, il n'y a rien de changé dans l'atelier ; qu'un maître ne fasse pas travailler, il n'y a plus d'atelier. Les ouvriers réunis ne peuvent ruiner qu'un seul maître ; un seul maître peut ruiner tous les ouvriers. Si la coalition des pauvres tarit les sources de la richesse sociale en arrêtant la production, la coalition des riches affame les populations et les pousse à la révolte. La coalition des maîtres est plus dangereuse encore sous un autre rapport, c'est qu'elle peut durer plus longtemps. Un entrepreneur qui a de grands capitaux peut attendre, un ouvrier qui vit du produit de ses journées ne le peut pas. Pour les prolétaires ne point travailler c'est mourir ; quand les riches ne font point travailler, ils thésaurisent ou placent autrement leurs fonds. La loi ne nous paraît donc pas avoir été juste en graduant l'échelle des peines applicables aux deux espèces de coalitions. De plus, elle est obscure et incomplète. Il est évident que le législateur a été embarrassé en touchant à cette question qui intéresse à un si haut degré l'ordre public. La crainte de laisser la société désarmée devant l'esprit de révolte, l'a empêché de respecter les principes ; il n'a pas posé une distinction assez nette entre l'association et la coalition. Le droit d'association est sacré; la coalition seule est coupable. Je ne verrais pour ma part aucun délit, dans le refus simultané de travail, s'il n'était accompagné d'aucun trouble, d'aucune violence, pour contraindre les dissidens. L'association en elle-même ne contient ni bien ni mal : c'est un moyen. L'association devient criminelle, quand les actes qui la constituent prennent le caractère du crime, parce qu'alors elle s'appelle coalition. La coalition, dit le Code, c'est l'association forcée, injuste, abusive ; ainsi, même sous l'empire de la loi actuelle, le droit d'association est sauf, mais il ne l'est pas assez explicitement, assez péremptoirement : les tribunaux savent en général interpréter cette obscurité d'une manière intelligente, mais l'administration l'interprète presque toujours dans un sens tyrannique, et elle met trop facilement les gendarmes au service de l'avidité des maîtres et des entrepreneurs. Ce qu'il importe d'établir c'est que la question des coalitions n'est qu'accessoire. La véritable question, posée actuellement dans l'industrie est de savoir si le prix des salaires est équitable. Nous reconnaissons que les ouvriers se donnent presque toujours tort dans la forme : mais nous sommes convaincus qu'ils n'ont pas toujours tort au fond. Les administrateurs des départemens devraient se préoccuper davantage de ce point de vue, et employer leur influence morale auprès des maîtres, afin de les décider à faire les concessions que la justice réclame et que leur intérêt bien entendu rend nécessaires.

Pour apprécier à quel taux le salaire doit être fixé, il faut se rendre compte des conditions générales de l'industrie, des chances particulières de chaque entreprise, et surtout de la durée des mortes-saisons. Pour que le salaire librement discuté et établi sur la place entre les entrepreneurs et les ouvriers, fût bien discuté et justement établi, il faudrait que le prix fût débattu des deux côtés par des hommes calmes et éclairés. C'est ce qui ne peut avoir lieu dans l'état de morcellement où se trouve l'industrie. Il y a là une appréciation délicate qui est au-dessus de la portée de la plupart des ouvriers. Ils sont donc obligés de subir la loi des capitalistes, et il est trop certain que, dans la plupart des professions, le salaire est au-dessous des besoins de la classe ouvrière.

Les maîtres sans doute ne peuvent faire travailler qu'autant qu'ils ont des commandes, et il est bien difficile de détruire complètement les inconvéniens du chômage, mais c'est une raison de plus pour élever le prix de la main-d'œuvre au moment où l'industrie prospère, ou bien pour faire profiter les ouvriers des chances favorables de l'entrepreneur dans son commerce, au moyen de primes ajoutées au salaire fixe. Quand on aura suscité dans les rangs du peuple des représentans de ses besoins, des interprètes de ses intérêts, on trouvera dans ces hommes, élite de la population ouvrière, des lumières et quelques gages de modération. Ils interviendront tout naturellement d'une manière utile et conciliatrice dans ces discussions si irritantes sur le chiffre des salaires. Leur intervention sera une garantie d'ordre. Quand l'émeute gronde aujourd'hui devant les fenêtres des préfectures, l'administrateur qu'aucun intermédiaire ne rattache à l'industrie, essaie en vain d'agir sur l'esprit d'une multitude échauffée, qui, dans les momens de trouble, ne reconnaît pour chefs que les plus mutins. Supposez, au contraire, que, grâce à l'habitude des associations pacifiques et légales, quelques individus aient reçu de la confiance de leurs camarades comme une délégation et un mandat, et vous arriverez alors à la solution des questions, en évitant les luttes affligeantes qui jonchent trop souvent de blessés et de morts les marchés de nos villes de province.

Un dernier mot. En conviant les masses à l'association, en invitant le gouvernement à ne pas contrarier la tendance qui les attire vers ce moyen si puissant d'ordre et de progrès, nous sentons le besoin de protester contre toute induction qu'on pourrait tirer de nos paroles pour demander la reconstitution des anciennes corporations : plus de systèmes exclusifs, plus de monopoles, mais des associations facultatives. Liberté pour tous d'en faire ou de n'en pas faire partie. A Dieu ne plaise que nous regardions le travail comme un privilège. C'est le plus sacré de tous les droits et celui qui doit rester le plus libre. Nous serions les premiers à demander la répression énergique de toute tentative pour limiter le nombre des affranchis, dicter impérieusement le prix du salaire, déterminer invariablement la durée du travail, ou imposer aux maîtres des listes obligatoires d'ouvriers. L'exemple de l'Angleterre est là pour nous instruire, et nous savons tout le mal qu'ont fait à ce pays les fameuses sociétés d'*unions*.

Les corporations ont dû tomber avec ce qui restait de la féodalité, à la première révolution. Leur chute a été doublement bonne. Elle a d'abord détruit un monopole injuste, qui privait les ouvriers d'un droit naturel, le droit au travail isolé. De plus, en faisant disparaître l'antagonisme entre les divers corps d'état, elle a permis au peuple entier de se lever comme un seul homme pour écraser l'ancien régime. Mais la disparition des corporations privilégiées a laissé un vide dans la société. Il est important que l'association libre vienne le remplir. Les grandes aggrégations ne sont bonnes pour défendre leurs droits, que lorsqu'une fois par siècle, elles se soulèvent contre quelqu'usurpation violente du pouvoir. Un pareil danger n'est pas à craindre aujourd'hui. Le pouvoir est trop intelligent et trop nouveau pour déchirer le pacte qu'il a fait avec la nation en 1830. Mais n'oublions pas qu'il existe toujours des abus, et qu'une nation, lorsqu'elle reste dans la synthèse d'une unité philosophique, est sans défense contre les tyrannies de détail. Pour la vie de tous les jours, la souveraineté du peuple est tout simplement une fiction : il est donc nécessaire que le peuple s'organise par l'association volontaire, légale, pacifique.

Imprimerie VINCHON, rue J.-J. Rousseau, 8.

# LES PRINCIPES
## ET
## LES HOMMES.

### DEUXIÈME PARTIE.

#### DE LA PAIX OU DE LA GUERRE.

Les apparences de guerre qui occupent l'attention de tout le monde, ont dérangé les infiniment petites combinaisons de cette publication. Ce n'est plus le temps des longues et paisibles études. Qu'on ne s'étonne donc pas si nous faisons quelqu'infidélité à notre programme, pour rattacher les faits nouveaux, les impressions du moment au cadre que nous nous sommes tracé.

La question étrangère est posée aujourd'hui comme elle l'était il y a dix ans. Si une guerre éclate, la querelle entre le sultan et Méhémet-Ali n'en sera que le prétexte et l'occasion. Derrière cette querelle, il y a une guerre de principes imminente et un effort de l'équilibre européen qui chancelle sur ses bases. En 1830, on a résisté à la tentation ; on va peut-être y résister encore maintenant ; y résistera-t-on longtemps et toujours ? C'est peu probable.

A la révolution de juillet, la chute du gouvernement imposé à la France par les souverains étrangers avait réveillé dans tous les cœurs le souvenir de la vieille lutte des peuples contre les rois. Les regards se tournèrent avidemment vers l'Italie et vers cette nation malheureuse que la Providence semble avoir placée au nord de l'Allemagne comme une sentinelle perdue de la liberté. Cette sympathie fut assez profonde et assez générale pour que les partisans de la paix se vissent obligés de transiger avec elle. Ils n'essayèrent pas de la combattre dans le premier moment d'exaltation causée par les évènemens des trois jours, mais ils s'appliquèrent à faire naître des doutes sur l'efficacité des ressources militaires dont la France pouvait alors disposer; et donnant ainsi à l'enthousiasme le temps de se refroidir, ils assurèrent par cette manœuvre adroite à la révolution de juillet une issue pacifique pour quelque temps.

Le procédé a réussi, je ne suis pas étonné qu'on nous en donne une seconde édition. Lorsque quelque grande impulsion agite les ames généreuses, lorsque la France est travaillée par une noble impatience de recouvrer en Europe le rang qu'elle devrait avoir, il y a un parti qui prend l'alarme, et qui, n'osant pas combattre de front le sentiment public, cherche à gagner du temps, en répétant bien haut que le pays n'est pas prêt à faire la guerre.

On a tort d'écouter cette politique peureuse ; ce qui se passe aujourd'hui prouve qu'elle ne sait qu'ajourner les difficultés au lieu de les résoudre. Les partisans de la paix à tout prix ont été bien glorieux, en 1830, d'avoir sauvé le repos du monde. Ils ont été enchantés d'eux-mêmes, tant que la paix a eu des chances de durée ; maintenant qu'elle est compromise, ils commencent à dire que si nous devons avoir la guerre demain, il aurait mieux valu qu'elle éclatât immédiatement après la révolution de juillet ; que c'est une occasion perdue ; que nous n'aurions point pour nous défendre contre l'étranger, l'énergie que le pays montra en 89 : que nous ne retrouverions même pas les entraînemens de 1830 : erreur ! coupable erreur ! comme si l'énergie révolutionnaire avait une date ! comme si elle se rencontrait à un moment donné de l'histoire d'un peuple, et disparaissait ensuite sans qu'on pût retrouver sa trace ; l'énergie révolutionnaire tient aux circonstances sans doute, mais elle tient encore plus au caractère national. Elle n'a pas été un accident de notre première révolution. Dans ce pays, d'une irritabilité si intelligente, elle est l'élément obligé de toutes les commotions politiques qui intéressent la France de près ou de loin. Ce qui se passe en Europe suffirait à l'exciter, pour peu que le gouvernement voulût lui donner un aliment et consentît à initier l'opinion publique aux péripéties de cette crise. L'énergie révolutionaire! c'est un moyen éternellement à la portée de tout homme qui saura s'en servir, de toute opinion qui voudra lui faire appel. Dans un pays comme la France, et sous un gouvernement libre, les ressources militaires dont le ministre de la guerre peut disposer ne seront jamais que l'appoint d'une grande force belliqueuse qui réside au sein des masses et que les circonstances extraordinaires en font sortir.

Nous regrettons que le ministère actuel se préoccupe exclusivement de diplomatie et d'armée, et qu'il ne sente pas le besoin de faire tout d'abord un appel à l'esprit public. Ce ministère est la personnification du triomphe de l'influence parlementaire. Pour être fidèle à son origine, il aurait dû chercher sa force au sein du parlement, au sein de la nation. Au lieu de se plier en les exagérant aux habitudes des chancelleries de Vienne et de Saint-Pétersbourg, nous aurions voulu qu'il conformât sa politique étrangère au principe de notre gouvernement, qu'il négociât au grand jour, et qu'il ne nous réduisît pas à recevoir des gazettes allemandes le secret du langage qu'il fait tenir à la France. S'il avait mis les chambres à même de s'associer par un vote à ses préparatifs, ils auraient eu un tout autre retentissement, une tout autre influence sur l'opinion. Malheureusement M. Thiers, qui est libéral, révolutionnaire par le cœur et par les passions, a un goût de tête pour l'ancien régime; il tranche du Richelieu et il oublie la différence des temps. Tout son espoir est fondé sur les calculs, les finesses, les ressources de la diplomatie; mais la diplomatie telle qu'il la fait ne convient pas aux pays libres. La diplomatie ne peut réussir que par le mystère. Le gouvernement représentatif ne peut exister véritablement que par la publicité. Quand le ministère dit à l'opinion qui s'inquiète, quand il répond à la presse qui l'interroge:

*Tranquillisez-vous, je me prépare, j'attends, je négocie*, il n'y a rien là qui doive rassurer complètement les esprits sages. Le président du conseil passe il est vrai aux yeux du public, et je crois que c'est avec raison, pour aimer son pays, pour le vouloir grand et fier devant l'étranger. Nous sommes, quoi qu'on dise, une nation si aisément maniable, que ce sentiment seul suffit à donner un grand appui à M. Thiers et à le soutenir en dépit de tant d'autres difficultés de sa situation. Mais après trente ans de révolutions, et mûris par une longue expérience, les Français ont encore plus foi dans les institutions et dans les idées que dans les hommes : quel précédent d'ailleurs à introduire dans l'histoire de la liberté que cet essai de gouvernement à huis-clos, dont une erreur peut coûter à la France une grande occasion manquée, ou trois cents millions de dépense inutile ! Où est pour nous la garantie que dans cette lutte personnelle de finesse diplomatique, le gouvernement français ne succombera pas. Les autres puissances ont sur lui un grand avantage : dans les états absolus, les souverains et les ministres poursuivent un but traditionnel ; ils sont surs du lendemain ; ils ne sont pas distraits par les taquineries d'une presse hostile. Je sais bien, que quand le gouvernement sera à bout de négociations, il reviendra au pays : il assemblera les chambres ; il dira tout, et se couvrira du bouclier de l'esprit public. Mais pourquoi ne pas aller tout de suite à ce qui est simple et grand ? l'attitude purement diplomatique a d'innombrables inconvéniens : elle ne nous concilie pas les peuples et elle est d'un succès bien douteux vis-à-vis de leurs gouvernemens. Il peut y avoir sympathie entre nous et la partie la plus éclairée des nations de l'Europe, mais la bonne volonté des cabinets étrangers à l'égard du cabinet des Tuileries est un mensonge, un leurre. Vous ne ferez pas illusion aux cabinets : vous ne les déciderez pas à agir contrairement à ce qu'ils croiront être leur intérêt. Un gouvernement libre ne devrait connaître d'autre diplomatie que celle de la franchise et de la publicité de ses déclarations, et ne procéder jamais que par des ultimatum. Si l'ultimatum de la France est sage, modéré, exempt d'ambition personnelle, il ralliera à nous l'esprit public en Europe et les gouvernemens manqueront d'appui pour nous combattre ; en faisant de la diplomatie sourde, au contraire, vous calomniez forcément le pays, vous cherchez à faire la ligue des rois pour contenir les peuples, sauf à faire, si vous ne réussissez pas, la ligue des peuples pour renverser les rois. Vous annulez la presse que vous devriez respecter. La presse est le palladium de notre liberté en temps de paix, et en temps de guerre, elle serait la sauvegarde de notre indépendance nationale. C'est une mauvaise politique que de la déconsidérer, en la condamnant à l'erreur. Par l'ignorance où vous laissez les journaux des phases de votre politique extérieure, vous mettez les feuilles opposantes dans la nécessité de vous attaquer à grandes volées de déclamations d'autant plus hostiles qu'elles ne savent précisément où se prendre ; vous faites jouer aux feuilles amies un rôle plus délicat qu'utile ; vous réduisez leur polémique à une gamme monotone de petites attaques et de petites réconciliations, à une sorte de querelle d'amans perpétuelle ; vous les exposez à vous faire des complimens de confiance, le jour où vous avez renié peut-être, auprès de tel ou tel ambassadeur, votre alliance avec la gauche. Il peut y avoir de la bonne foi dans ce manège, surtout de la part des journaux qui s'y prêtent, je le crois pour ma part, mais de la grandeur et de l'habileté véritable, non, mille fois non.

Le ministère croira avoir tout fait s'il réussit à prolonger le *statu quo* ou à peu près, en obtenant une concession de Méhémet-Ali. L'avenir prouvera que c'est là un point de vue bien étroit. En présence de l'attitude hostile prise par les quatre puissances signataires du traité dont la France est exclue, la chambre, si elle avait été appelée à délibérer sur l'état de l'Europe, aurait peut-être cru l'heure venue de renoncer à la politique de temporisation, qui n'a fait autour de nous que des ingrats.

Quelle responsabilité de réputation n'assument pas les ministres qui se constituent seuls arbitres d'une situation si grave!

Il y a en effet en Europe *un grand peut-être*, qui appelle le coup d'œil d'un homme d'état, et dont la solution bien ou mal prévue fera la gloire d'un ministre ou rapetissera sa renommée. Dans un rayon de plusieurs années, le monde politique porte-t-il dans ses flancs la paix ou la guerre? Pour en juger, ce n'est pas le ton des notes diplomatiques échangées depuis quelques jours entre les ambassadeurs que je voudrais consulter. Les intérêts de chaque puissance, la diversité des principes sur lesquels les gouvernemens sont fondés, voilà les seuls élémens surs d'une véritable appréciation politique : tout le reste est mobile, changeant, incertain, contradictoire. Si vous nous assurez la paix pour un long avenir, si, en cas qu'elle soit rompue plus tard, elle ne l'est pas sur cette même question d'Orient, vous aurez bien mérité de la civilisation. Si vous n'avez fait, au contraire, que prolonger l'agonie de cette paix, on vous demandera compte du temps perdu. Qu'aurons-nous gagné à attendre? Nous sommes prêts dans la Méditerranée. Les efforts que nous ferons pour augmenter nos ressources devant Alexandrie seront contrebalancés par des efforts pareils de la part de l'Angleterre. N'avez-vous jamais craint d'être surpris, au milieu de vos tergiversations, par la nouvelle de quelque éventualité comme la mort de Méhémet-Ali ou celle d'Ibrahim ? L'année dernière déjà, un orateur qui a émis beaucoup de jugemens erronés, à mon sens, sur l'ensemble de la question, mais qui, en Orient, a vu de près les hommes et les choses, rappelait à la tribune et la vieillesse du pacha et la santé délicate de son fils. En Égypte aujourd'hui il y a un peuple et une armée, mais ce peuple et cette armée tiennent à l'existence de deux hommes. N'oublions pas que s'ils étaient ravis à leur œuvre avant de l'avoir consolidée, et que la guerre vînt à éclater plus tard, la politique française en Orient aurait reçu un rude échec, et que nous regretterions alors de ne pouvoir plus mettre dans la balance des batailles, l'activité organisatrice de Méhémet-Ali et l'épée du vainqueur de Nézib.

# ESQUISSES RÉTROSPECTIVES.

CONSIDÉRATIONS SUR LES PARTIS ET SUR LEURS CHEFS DEPUIS LA RÉVOLUTION DE JUILLET JUSQU'A LA CRISE DE LA COALITION.

Quand la question d'Orient est venue distraire les esprits par la possibilité d'évènemens d'une portée immense et inconnue, nous nous trouvions à l'intérieur dans une situation qui ne manquait pas de gravité. Beaucoup d'intrigues avaient eu lieu, au sein du monde politique, dans le cercle des personnes qui touchent de près ou de loin au gouvernement. Ces intrigues devaient nécessairement se dénouer. Beaucoup de questions avaient été agitées qu'il fallait résoudre. Les limites de la prérogative royale, l'influence du parlement dans le gouvernement représentatif, avaient été l'objet de discussions animées. L'opinion libérale, renfermée dans le rôle qui lui convient le mieux dans les circonstances actuelles, la surveillance du pouvoir, avait pris acte de plusieurs maximes au moins singulières dans les bouches qui les prononçaient. Des promesses avaient été faites, les unes relatives à des questions de personnes, les autres relatives à des questions de principes. Le gouvernement s'était à peu près engagé à réviser un des articles des lois de septembre et à prendre au sérieux un essai quelconque de réforme électorale. Tout cela était enregistré, attendu. Les différens ministres qui ont siégé dans les conseils de la couronne depuis 1830, étaient en délicatesse, soit à l'égard les uns des autres, soit à l'égard de la couronne elle-même. Il y avait là un principe de faiblesse pour le pouvoir, qui devait tout légitimement profiter à l'opposition. Les évènemens diplomatiques ont interrompu la situation sans la changer. Comme il est probable que les difficultés de la question d'Orient vont encore être arrangées provisoirement, sauf à se représenter plus graves dans quelques mois, il est à propos de revenir sur la politique intérieure. Cette situation veut être reprise d'un peu haut. Pour ceux qui ont foi au progrès, le point de vue de chaque jour, celui auquel se placent les journaux quotidiens, ne suffit pas à l'esprit.

Pour saisir le fil des évènemens, et pour bien apprécier les nuances des opinions politiques, nous nous proposons de remonter jusqu'à la révolution de juillet, et de poursuivre notre appréciation de faits et de caractères jusqu'à une crise bien importante dans l'histoire de nos dernières années, jusqu'à la crise de la coalition, qu'un homme d'esprit appelait justement la restauration de la révolution de juillet.

Les idées n'étaient pas mûres pour une révolution, quand l'impéritie du dernier roi de France précipita le pays dans la crise qui a renversé le trône des Bourbons de la branche aînée. Les légitimistes ont avancé une grande fausseté quand le dépit leur a fait dire que la révolution était un coup monté et que les ordonnances n'avaient été que le prétexte de l'explosion de 1830. Ce sont, au contraire, les opinions libérales qui ont été surprises par la révolution. Le lendemain de la victoire, il se trouva que personne n'avait pris ses mesures pour en profiter, parce que personne ne s'attendait à la lutte. De tous les partis, le moins préparé à recueillir l'héritage de la restauration était le parti de l'extrême gauche. Ce parti était à la fois le plus populaire et le moins possible. Il se trouvait l'arbitre de la situation, car les circonstances révolutionnaires s'allient naturellement aux idées révolutionnaires. Au bruit d'un trône qui tombe, en présence d'un peuple debout et victorieux, tous les problèmes sociaux sont remis en question :

les classes intéressées aux changemens ont plus d'audace pour attaquer : les classes intéressées au maintien de ce qui existe, ont moins de fermeté pour se défendre. Tout cela eût profité aux idées radicales, si leurs organes, si leurs représentans avaient été prêts à se saisir du pouvoir; mais ils ne l'étaient pas. Ils n'avaient pas de système de gouvernement. Ils s'étaient attendus à une longue lutte contre les tendances de la restauration. Ils n'avaient entrevu la possibilité d'arriver aux affaires que dans un avenir éloigné. Aussi, s'étaient-ils beaucoup plus souciés de détruire que de rassembler des matériaux pour réédifier. La situation appelait un homme : il ne s'est pas rencontré : il ne s'est pas rencontré du moins dans le parti du progrès. Napoléon disait que les révolutions sont de grands concours ouverts au profit des talents inconnus. En 1830, le concours fut fermé trop vite. On chercha autour de soi, parmi les noms déjà désignés à l'attention. Les tendances qui partageaient les esprits se personnifièrent dans deux hommes qui tous deux se rattachaient par les souvenirs de leur jeunesse à la grande révolution. L'un était le général Lafayette, l'autre était Louis-Philippe d'Orléans, prince du sang. Le général était plus illustre que le prince. Vétéran et martyr de la liberté, il avait déjà joué un grand rôle dans le monde politique, que le jeune Philippe-Égalité commençait à peine au milieu des camps une carrière militaire bientôt interrompue, mais où du reste ses débuts avaient eu quelqu'éclat. Plus tard, Lafayette avait obtenu dans la patrie de Washington et aux applaudissemens de toute l'Europe le plus beau triomphe qui puisse être le prix de la vertu politique : l'ovation d'un peuple entier, ovation dont les échos retentirent dans tous les cœurs français, avait couronné la gloire d'une si belle vie et porté le nom de Lafayette à une hauteur que n'atteignait pas la renommée du duc d'Orléans, malgré ses titres réels à l'estime publique, malgré son exil noblement supporté, ses longs et utiles voyages, ses vertus privées et sa conduite pleine d'habileté et de convenance pendant la restauration. Ainsi le général était plus illustre que le prince. Il était aussi plus populaire. Le 29 juillet, Lafayette était plus populaire que Louis-Philippe. Du moment où il parut à l'Hôtel-de-Ville, il se trouva tout naturellement le chef du peuple insurgé, tandis que le duc d'Orléans attendait les évènemens dans les plus sombres allées de son parc de Neuilly. Mais le prince avait sur le général des avantages qui compensaient cette double infériorité. Le général finissait sa carrière, et le prince commençait sa fortune, tard il est vrai, mais il la commençait. L'illustration de Lafayette, qui était un drapeau pour quelques uns, devenait un épouvantail pour d'autres. Si Lafayette était en possession de donner une couronne, Louis-Philippe était merveilleusement placé pour la recevoir. Sa physionomie politique moins décidée le rendait acceptable à tous les partis. Son titre de Bourbon déplaisait aux républicains, mais il était précieux pour ceux qui voulaient en grand nombre recommencer la restauration moins ses fautes. Lafayette, en donnant l'accolade au nouveau roi, pouvait lui dicter des conditions; mais Louis-Philippe une fois élu roi des Français restait maître de l'avenir et de la situation. Que signifient des promesses politiques et sont-elles jamais assez précises pour qu'on ne puisse pas les éluder? Le général avait conservé la pureté de sa grande ame : vénérable témoin de la première régénération du peuple, il était digne par son cœur de s'associer aux nouveaux efforts que la nation aurait pu faire dans la carrière du progrès et de la liberté. C'était toujours un de ces hommes rares, dont on peut dire qu'ils n'ont jamais préféré leurs intérêts à leurs opinions; mais ses forces commençaient à le trahir, la vie allait bientôt lui manquer. Capable d'un généreux dévoûment, il pouvait encore exposer ses jours pour la liberté, ou présenter dans une émeute sa noble tête aux factieux, pour les faire rougir d'un odieux projet de vengeance; mais il n'était plus en état de suivre le détail des affaires et de lutter de finesse avec les plus habiles. Est-il étonnant qu'il ait succombé dans cette lutte où Louis-Philippe apportait tous les talens qui peuvent servir l'ambition, sans aucune des passions parasites qui apprennent à s'en défier ; plus profond et moins désintéressé qu'il ne paraissait l'être, il était le seul peut-être que la révolution de juillet n'eût point surpris et qui se fût préparé à son rôle. Les esprits ardens qui se rallièrent au général Lafayette eurent un représentant plus glorieux de leurs idées ; les conservateurs qui se serrèrent autour de Louis-Philippe trouvèrent en lui un soutien plus utile pour leur politique.

Dans les premiers momens d'une révolution, il y a trouble dans les esprits. Chacun est jeté en dehors de sa sphère : toutes les opinions s'exaltent, puis l'instant de la crise passé, elles reprennent leur niveau. On se refroidit de l'enthousiasme qu'on a d'abord éprouvé, mais tout le monde ne s'arrête pas au même point. Les anciens partis se décomposent. Les hommes politiques se cherchent, se rapprochent par de nouvelles affinités. Des nuances nouvelles se forment, et des noms nouveaux sont inventés pour les désigner ; puis quand chacun a repris non pas son ancienne place, mais le rang qui lui convient dans le nouveau régime ; quand les opinions, il faut bien le dire, ont subi l'influence du changement arrivé dans les positions personnelles, on se compte, on se classe ; on voit les partis qui sont restés sur le champ de bataille sans pouvoir se relever : tel qui était tout puissant est devenu impossible ; tel autre qui n'était rien est devenu probable. C'est alors seulement que peuvent être appréciées avec quelque justesse les chances que la situation nouvelle a créées pour chaque système. Lorsqu'après la révolution de juillet le monde politique eût repris son aplomb et qu'on pût se rendre compte des forces relatives des divers partis, il se trouva qu'un très grand nombre d'esprits distingués s'étaient portés au secours des doctrines du pouvoir. J'établissais tout à l'heure un parallèle entre Lafayette et Louis-Philippe ; il serait aisé de montrer encore comment parmi les hommes qui à leur suite combattirent ou appuyèrent les idées libérales, l'avantage se trouvait du côté des premiers. Ne m'opposez pas l'éloquence d'Odillon-Barrot, la capacité financière de Laffitte, l'austérité de Dupont (de l'Eure). On peut avoir un grand talent de tribune ; et ne savoir pourtant ni garder le pouvoir, ni même oser le prendre. Un homme supérieur dans une condition privée peut rester au-dessous d'une grande situation politique. C'est beaucoup d'être pur, mais ce n'est pas assez pour conduire les hommes. A la tête de la politique de résistance vous rencontrez les capacités les plus éminentes : de Broglie, Guizot, Molé. Si, parmi les écrivains, Carrel a planté son drapeau au premier rang de la presse libérale, Thiers, d'abord attaché au système Laffitte, passera plus tard dans les rangs des conservateurs, et leur portera l'appui de son esprit, de sa parole et de ses hardiesses.

Entré dans les conseils du roi par l'ascendant da sa popularité révolutionnaire, M. Laffitte se sépare de ses collègues à mesure que la pente de chaque esprit se révèle en présence des incidens de tous les jours. Il est évident que les hommes qui composent le gouvernement n'appartiennent pas à la même école. Il faut que M. Laffitte sorte du pouvoir ou que son influence y devienne dominante. C'est ce qui arrive. Le souvenir récent de la révolution, les nécessités d'opinion font pencher la balance en sa faveur. M. Laffite reste maître du terrain. Il avait alors l'avenir de la révolution de juillet entre les mains; c'était une occasion unique : elle fut perdue. M. Laffitte est écrasé par cette grande situation. Malgré son esprit, ses talens, la responsabilité était trop lourde pour lui. Je ne l'en blâme pas : un homme n'est responsable que de ses intentions ; les siennes ont toujours été généreuses : je sais les nobles qualités de cœur que possède M. Laffitte ; je rends justice à sa capacité, qui, dans des circonstances courantes, fait de lui l'homme distingué, dont il est absurde, même à ses ennemis, de contester le mérite. Mais, dans cette circonstance exceptionnelle, il fallait plus que du cœur, plus que de l'esprit ; il fallait le coup-d'œil du génie et sa persévérance. M. Laffitte, homme de progrès, se trouvait placé, avec le pouvoir en main, entre deux horizons sociaux, et comme sur la limite de deux mondes, au milieu de vingt nuances d'opinions différentes. Il fallait trouver les hommes et juger les choses; il fallait démêler le progrès véritable au milieu des allures vieillies de l'ancien libéralisme ; il fallait éviter de tomber dans l'imitation servile des idées et des maximes de 89, tout en se séparant franchement des restaurateurs de monarchie bourgeoise ; il fallait aller droit aux questions essentielles et vitales et les aborder avec la précision du législateur ; il fallait mettre l'enseignement public en rapport avec les nouveaux besoins de la société, developper l'esprit d'association en arrêtant ses écarts, trouver dans des institutions nouvelles les élémens d'une nouvelle capacité électorale qui fît participer aux droits politiques les représentans et les élus de la classe des prolétaires, c'étaient là les trois principaux problèmes ; il fallait en préparant ces grandes choses pour un avenir prochain suffire aux nécessités du présent ; il fallait faire d'un seul coup ce qui est à peine ébauché aujourd'hui : réaliser sans retard le bien qui s'opère si lentement, appliquer à toutes les questions les solutions et les remèdes sur lesquels les penseurs ne sont point encore fixés ; il fallait avoir l'imagination d'un novateur, la science d'un philosophe, l'esprit pratique d'un ministre et l'entêtement d'un despote ; il fallait avoir en soi du Saint-Simon, du Fourier, du Sieyes et du Bonaparte, M. Laffitte fut au-dessous de cette tâche et tomba.

M. Périer, qui le remplaça, entra aux affaires avec un but déterminé qu'il sut atteindre. Est-ce à dire que le ministre nouveau avait toutes les qualités éminentes qui manquaient à son prédécesseur ? Quelques uns l'ont cru, beaucoup ont affecté de le croire. La reconnaissance des intéressés les a portés à juger avec une prévention favorable l'homme politique qui s'était posé comme leur représentant. Réussir est beaucoup sans doute ; mais il y a des succès plus ou moins difficiles. Rien n'est plus laborieux que de changer les institutions et les mœurs politiques d'un pays. L'esprit humain est ainsi fait qu'il a tout à la fois le désir et la crainte de l'inconnu. Même le lendemain d'une révolution, à moins qu'elle n'ait été préparée de longue date, et que tout le monde ne soit d'accord sur l'urgence des innovations à introduire, même le lendemain d'un révolution, ce qu'il y a de plus facile à faire, c'est de gouverner. Les rouages administratifs étant toujours prêts, il suffit d'une main ferme pour leur donner l'impulsion. Gouverner, c'est suivre à la trace des habitudes prises ; innover, c'est aller au devant de faits nouveaux, de résultats inconnus, au nom d'idées générales, toujours un peu vagues, puisqu'elles n'ont pas subi l'épreuve des applications. Quel but s'est proposé Casimir Périer ? Il s'est proposé pour but de faire reculer le dieu Terme de la révolution. C'est une entreprise qui demandait plus de fermeté que de talent, et où les défauts de caractère servaient au moins autant que les qualités de l'esprit. Casimir Périer a mis une grande volonté, une grande passion au service d'une idée assez peu féconde, puisqu'elle ajournait les difficultés au lieu de les résoudre. On s'apercevait depuis longtemps que les partis et les hommes qui avaient concouru à la révolution de juillet ne l'avaient pas envisagée sous le même point de vue. Ce que les habiles pensaient dans les salons, il a eu la franchise de le dire tout haut. On ménageait avant lui les instincts révolutionnaires des alliés sous les drapeaux desquels on avait combattu : le premier, il a eu la pensée, assez courageuse après tout, de heurter de front ces instincts et de s'élever au-dessus des ménagemens passés. Pendant son ministère, les hésitations de tous ont dû cesser; les rangs n'ont plus été confondus par le lien commun des souvenirs. Il y avait eu coalition en 1830 à l'heure du péril : la coalition s'est dissoute. Casimir Périer a pris, en quelque sorte, parti au nom de la haute bourgeoisie ; il a dégagé ses intérêts et ses tendances des tendances et des intérêts du reste de la nation. La haute bourgeoisie, dans les illusions de sa gratitude, a prêté au rôle joué en cette circonstance par le chef du cabinet des proportions démesurées. C'est assez l'habitude des partis de déifier ceux qui les servent. La naïve admiration du juste-milieu a fait de Casimir Périer une idole, une sorte de fétiche politique. On a épuisé pour lui les formules laudatives; on a dit *le grand*, *l'illustre Casimir Périer*. Son nom est comme un talisman, faire son éloge est un sûr moyen de toucher la sensibilité des centres. Demandez à M. Thiers : il connaît la puissance magique de ce nom et s'en est servi plus d'une fois pour faire sa paix avec les conservateurs irrités contre lui par quelques unes des boutades de libéralisme auxquelles il se laisse aller de temps en temps.

La mission de Casimir Périer, du reste, a été moins élevée que ses admirateurs ne le supposent; il s'est préoccupé, avant tout, de la répression des désordres matériels. Les conservateurs ne devraient pas oublier que la plus grande bataille perdue par eux l'a été pendant que leur élu était au pouvoir. Il se passa alors des contrastes bizarres, où se laissait apercevoir, pour les esprits attentifs, toute la profondeur de la révolution à laquelle nous sommes en train d'assister. Tandis que M. le duc de Fitz-James renonçait à la pairie pour demander aux électeurs une place sur les bancs de la chambre des députés, un homme né dans une autre sphère sociale, un enfant de la révolution, comme M. Thiers aime à s'appeler, se portait à la défense de l'hérédité de la p irie avec toute l'ardeur des nouveaux convertis. Il me semble qu'il serait facile de dire en une phrase le sens de la situation où le pays se trouvait alors : le découragement s'emparait des hommes du passé; les hommes du présent s'empressaient de courir aux positions abandonnées par eux, pour s'y cantonner et les défendre contre les exigences des hommes de l'avenir. J'ai entendu beaucoup de complaintes sur la mort de M. Périer. Tout en m'associant aux regrets que causa dans la société la perte d'un homme honorable dont ses adversaires même durent respecter la franchise, je ne puis m'empêcher de croire que, sous le rapport politique, M. Périer est mort fort à propos pour sa gloire et pour l'intérêt de son parti. M. Périer avait accompli la seule tâche qui convînt à son caractère et à ses talens, lorsque la vie lui a manqué. Il lui appartenait bien de donner une impulsion au parti qu'il appela sous sa bannière, d'inspirer confiance à ce parti et de lui léguer la valeur d'opinion qui s'attachait encore à l'un des principaux soutiens de l'opposition de quinze ans: mais le premier pas une fois fait dans cette voie, le parti de Casimir Périer fut bien mieux discipliné, bien plus utilement soutenu par la raideur dominante de M. Guizot, par l'esprit souple et étendu de M. Thiers, que ce parti n'aurait pu l'être par Casimir Périer lui-même.

Rappelons ici un des plus grands élémens de succès pour la politique de résistance.

La crainte de voir se renouveler les horreurs d'une époque justement flétrie du nom de règne de la terreur fut habilement exploitée par ceux qui craignaient que la révolution ne prît un développement trop rapide. Les lueurs du terrible incendie qui avait éclairé la fin du dernier siècle, se projetaient encore au commencement de celui-ci sur l'horizon politique. C'était de l'histoire sans doute, mais de l'histoire vivante dans les souvenirs des vieillards de notre génération. Voyant le contrat constitutionnel brisé comme l'avait été le contrat féodal, ils tremblaient d'assister deux fois en une vie à ces rénovations sociales qui bouleversent toutes les existences et sèment au loin les débris du passé. Il n'existe pas de famille où n'aient agi quelques unes de ces influences d'intimidation. Elles devinrent les auxiliaires du pouvoir et contribuèrent à arrêter beaucoup d'esprits sur la pente des idées libérales : 89 fit peur à 1830; crainte chimérique que celle-là, en vérité. Est-ce que les peuples, dans le champ de l'histoire, tracent jamais le même sillon? Il y a eu un régime de terreur : eh bien! c'est précisément une raison pour qu'il ne s'en représente plus dans les crises à venir. La terreur désormais est doublement impossible; elle est impossible, parce que personne ne tenterait de l'établir; elle est impossible, parce que personne ne consentirait à la supporter. Le pays légal a une base trop large pour qu'aucun parti entreprenne jamais de relever l'échafaud politique. Vaine jactance, dira-t-on peut-être; jactance impie, qui impliquerait contre nos pères le reproche de lâcheté pour avoir été doux envers les bourreaux. A Dieu ne plaise que cette injustice soit au fond de ma pensée! Nos pères étaient braves par merveille : la génération qui a défendu la révolution contre l'Europe est une génération héroïque. Pour comprendre comment le pouvoir illégal et sanguinaire du comité de salut public la trouva docile, il n'est pas besoin de recourir à une accusation de faiblesse démentie par la gloire des soldats de 94. Le contraste de cette servilité et de cette gloire s'explique par les étonnemens d'une situation sans exemple. Le réveil d'un peuple opprimé amène des catastrophes imprévues, des bouleversemens effroyables. Est-il étonnant qu'alors une société tout entière ait été atteinte du vertige? Ce n'est pas la crainte de la mort qui glaçait les cœurs, c'était la crainte de l'inconnu. L'inconnu grandissait les objets et les hommes; mais bientôt l'illusion tombe : les assassins se comptent, et l'effroi se déplace. Aujourd'hui nous n'aurions plus d'excuse, car nous avons appris tout cela par expérience; nous possédons la mesure de ces tyrans médiocres qui surgissent dans les jours d'orages révolutionnaires; nous savons comme ils s'élèvent et comme ils tombent. Arrière donc aux vains effrois, arrière aux craintes chimériques; la démocratie ne peut être arrêtée dans sa marche, parce qu'elle voit devant elle l'ombre d'une réalité affreuse sans doute, mais qui ne renaîtra jamais. Vous aurez beau, messieurs, agiter devant nous des fantômes, vous ne ferez pas de la grande nation une nation de trembleurs politiques.

A partir du ministère de Casimir Périer, la politique prend des allures nettes et tranchées; plus d'incertitude, plus de fluctuations dans les esprits. Le juste-milieu se nomme, et c'est une faute, car son nom suffirait presqu'à sa critique. M. Laffitte, M. Barrot, M. Dupont (de l'Eure), sont rejetés dans l'opposition : le temps qui marche pour tous les partis, profite aux uns plus qu'aux autres. Si le temps rallie autour de l'idée conservatrice une phalange chaque jour plus nombreuse, plus habile, plus compacte, il sème le trouble et l'anarchie parmi les soutiens de l'idée progressive. Du côté des conservateurs, je vois les talens se classer, se discipliner : les résolutions sont concertées avec ensemble; il se forme de véritable écoles politiques où les plus jeunes se préparent à paraître sur le théâtre des affaires quand leur temps sera venu.

Dans le camp des dépositaires des doctrines libérales, point d'unité, point d'harmonie : aussi que de forces perdues ! que d'esprit et de courage inutilement dépensés ! des noms nouveaux surgissent, de brillantes individualités se révèlent, mais aucune influence prépondérante ne s'établit pour former un faisceau de ces forces éparses. Tandis que les hommes du juste-milieu se jettent avec ardeur dans la place, et prennent adroitement les positions administratives, leurs adversaires déçus et mécontens s'isolent du pouvoir, et laissent passer en des mains ennemies toutes les forces vives du pays, la magistrature, l'administration, la garde nationale; mais l'humeur est mauvaise conseillère, et le parti démocratique en fait l'épreuve. Après cette faute, il ne lui reste d'autre ressource que celle des résolutions désespérées. Alors les plus ardens de la faction sortent violemment du cercle tracé par les lois constitutionnelles, et tentent l'escalade du pouvoir par un coup de main. Illusions ! illusions ! folles et criminelles illusions ! Est-ce qu'on peut réussir par une émeute, le lendemain du jour où l'on n'a pas su profiter d'une révolution? Une fois engagés sur cette pente fatale où ils ne s'arrêteront qu'après avoir touché le fond, les hommes de progrès se laissent entraîner à des alliances compromettantes; ils s'exposent à des solidarités dangereuses. Le parti démocratique n'a plus de limites certaines : on ne sait plus où il commence, où il s'arrête. La malveillance en profite pour lui attribuer toutes les responsabilités possibles, même la responsabilité des crimes qu'un fanatisme isolé prépare dans l'ombre. C'est ainsi que les exagérés de la faction l'ont perdue dans l'esprit public : en cessant d'être modérés, les radicaux ont cessé d'être populaires, et l'opinion se prononce contre eux. C'est l'époque de ces ministères à jamais regrettables pour les centres, où M. Thiers et M. Guizot se donnaient la main, et marchaient d'accord dans la voie du système Périer, à la grande gloire du juste-milieu et au grand avantage des classes moyennes.

O fragilité de la sagesse humaine !

Le pouvoir, après le gain de ses grandes batailles, quand l'avenir était si riant, quand les mauvais jours s'éloignaient, va se déchirer de ses propres mains. La politique de résistance si forte contre les factions, n'est pas à l'abri de son propre succès. Le vertige frappe tous ces illustres parvenus que la révolution de juillet a portés si haut. Quelque temps encore, et leurs fautes vont rendre au principe libéral l'avantage que d'imprudens, de coupables amis lui ont fait perdre. Le remède naîtra de l'excès même du mal. Le pouvoir s'est retranché dans deux opinions seulement, dans la nuance des doctrinaires et dans celle du tiers-parti. Le cercle des ministres prétendus possibles va chaque jour se rétrécissant, et conduit insensiblement les esprits à la théorie des hommes indispensables — M. Thiers et M. Guizot; — théorie dont l'absurdité ne se révèlera aux yeux que lorsque le gouvernement sera presque devenu impossible par la rupture des deux hommes politiques auxquels les bonnes gens croyaient naïvement l'avenir de la France inféodé. Les conservateurs, réunis naguère pour résister à la gauche, se divisent au sein de leur triomphe. De folles impatiences, des appétits immodérés d'influence et de pouvoir, de petites rivalités d'amour-propre portent le trouble dans leurs rangs; ils se partagent en nuances exclusives qui se repoussent et s'accusent mutuellement. Chaque fraction veut pour elle-même la prépondérance absolue. Au milieu de ces conflits d'ambition, le pouvoir tombe dans les mains de M. Molé. C'est alors que le chef de la doctrine et le chef du tiers-parti, dans leur âpre désir de se ressaisir du gouvernement, conçoivent et exécutent le plan de la *coalition*, qui est le résumé de toutes les fautes politiques des conservateurs. L'agitation ne remonte plus, elle descend; la colère et la passion ont changé de côté sur les bancs de la chambre. L'honorable chef de l'extrême gauche, M. Pagès lui-même, s'étonne du zèle et de l'ardeur de ses nouveaux alliés. Les armes révolutionnaires brisées dans les mains du parti radical, les hommes du pouvoir d'hier s'en saisissent pour en fustiger les hommes du pouvoir d'aujourd'hui. Il y a là un fait grave qui, tôt ou tard, doit porter ses conséquences. On n'aura pas impunément approché le pouvoir de la gauche. Il faudra compter un jour avec les hommes et les idées dont on a cherché spontanément l'appui pour agir sur l'opinion publique. Je sais que la plupart de ceux qui ont concouru à la coalition en ont dit leur *mea culpa*. Mais le *Moniteur* s'en souvient, et rien ne se perd dans le monde politique, pas plus les faits que les paroles : c'est une des lois du progrès.

Nous reviendrons sur cette crise de la coalition et nous en déduirons les conséquences probables.

DE LA NÉCESSITÉ D'UNE RÉFORME ÉLECTORALE.

Mon opinion est qu'en principe le droit électoral appartient à tout le monde. Je conviens que l'usage du droit peut et doit être restreint suivant le progrès des lumières et les modifications de la propriété. Les élémens qui composent la propriété ont subi de graves changemens en France depuis un siècle, quant à leur importance relative. Autrefois la propriété foncière était tout ; aujourd'hui, dans la balance politique, l'argent pèse autant et plus que la terre. Les banquiers sont devenus les créanciers des peuples et des rois. L'intelligence même a réussi à faire reconnaître son droit sur les œuvres qu'elle produit. La propriété littéraire fait effort pour se constituer; les autres propriétés se sont un peu dérangées pour lui laisser une place dans la grande association du bien-être, des jouissances et des droits. Pourquoi donc en présence de cet ordre nouveau faire une part exclusive dans la loi électorale à la propriété immobilière? Pourquoi l'intelligence n'obtiendrait-elle pas une représentation? Pourquoi les capacités ne seraient-elles pas appelées pour elles-mêmes, en vertu de leur valeur propre et indépendamment des circonstances qui ont pu enrichir ou laisser dans un état de pauvreté ceux qui possèdent les dons de l'intelligence et les bienfaits d'une éducation libérale. Je sais bien qu'on dit que le mérite conduit nécessairement à la fortune, mais c'est un sophisme. La lutte est-elle égale entre deux hommes, si l'un commence avec un capital de cent mille écus, et si l'autre n'a pour richesse que son esprit ? Le premier sera électeur à vingt-cinq ans, le second ne le sera peut-être pas à cinquante ; et il est possible qu'il ne le soit jamais, fût-il docteur dans toutes les académies. Le vice de la loi est précisément qu'il n'y ait de représenté à la chambre que la propriété héréditaire et l'intelligence qui a réussi. Les fortunes transmises ne prouvent rien pour la moralité ni pour les lumières des individus. Les fortunes acquises sont une présomption d'ordre et de capacité sans doute, mais la règle souffre exception. Une ou deux inspirations heureuses dans le tripot de la Bourse peuvent faire plus en une semaine pour la fortune d'un homme que vingt ans de labeur et de vertu dans beaucoup de professions honnêtes.

La loi électorale actuelle n'atteint donc pas toutes les supériorités d'intelligence. Le mandat législatif d'ailleurs n'est pas seulement une affaire de science et d'habileté, c'est une question d'intérêt. A ce point de vue, il importe que les non-propriétaires aient une représentation dans le pays légal. Jadis on ne se préoccupait que du côté politique des lois ; on pouvait croire alors que pour être législateur il suffisait d'être instruit et éclairé. Cette erreur n'est plus de mise maintenant qu'on s'attache surtout aux conséquences économiques des lois. On ne doit pas considérer seulement les lumières du législateur ; il faut tenir compte de l'intérêt qui l'inspire. Toute loi touche à la fortune publique, toute loi modifie les chances du riche et du pauvre, du prolétaire et du capitaliste. L'honnêteté veut que les intérêts des différentes classes sociales soient tous représentés à la chambre.

J'ai lu dans un des derniers numéros de *la Phalange* qu'il y avait en ce moment à Paris des délégués de la population ouvrière lyonnaise, demandant, que parallèlement à la représentation ordinaire envoyée à la chambre par les électeurs censitaires, les ouvriers de France puissent nommer des députés. Cette idée, sans doute, demanderait à être mûrie par l'application. Mais, à mon sens, il y a dans la pensée qui a donné lieu à cette singulière ambassade, une appréciation très juste du problème social. Les élus de la population ouvrière, ne seraient-ils que dix, ne seraient-ils même que deux, auraient un beau et noble mandat ; leur présence à la chambre influerait puissamment sur le vote et la discussion des lois. Lorsqu'à Rome le patriciat fut obligé, malgré ses répugnances, de consentir à l'élargissement de la cité politique et sociale, quel moyen, quelle figure de cette révolution trouvons-nous dans l'histoire? Deux tribuns assis à la porte du sénat.

Les hommes ne sont pas des saints et ils le prouvent tous les jours. Demandez des lois politiques aux membres d'une aristocratie, ils feront des lois de priviléges. Demandez des lois industrielles aux mandataires de la classe riche, vous aurez des lois de monopole, ou vous n'en aurez pas du tout, rien n'étant plus rare que l'abnégation et l'oubli de ses intérêts pour s'occuper des intérêts des autres. Soit par exemple une loi dont le besoin se fasse sentir dans la classe ouvrière sur l'organisation de tribunaux, qui puissent régler pacifiquement les contestations relatives aux prix des salaires, les députés élus par les classes riches en reconnaîtront la nécessité en théorie, mais n'étant pas talonnés par cet intérêt pressant dont les hommes ont besoin pour agir, ils différeront. Le gouvernement temporisera. Il étudiera au lieu de créer. Les faits marcheront plus vite que lui. Un beau jour, il sera surpris par des émeutes. Il les réprimera et il aura raison. Mais n'aurait-il pas mieux valu les prévenir? Ces émeutes, me dira-t-on, sont payées par les partis ou par l'étranger! je le crois comme vous. On ajoutera que c'est la lie de la population ouvrière qui va dans les ateliers débaucher la partie saine et laborieuse! Qui en doute? Seulement, je vous répondrai : ces désordres ne sont possibles que parce qu'au fond de la société il y a deux grandes plaies : la misère et l'ignorance. Ces plaies sociales, faites-vous quelque chose pour les extirper? Oui. Faites-vous assez? Non. Ces jours derniers, les journaux mêmes qui s'inspirent de la pensée du ministère, en faisaient l'aveu. Quand le mal est présent, on regrette de n'avoir pas préparé le remède. Puis le lendemain, on oublie. Il faut bien alors que le mouvement vienne d'en bas. Tant que vous n'aurez pas appelé directement ou indirectement dans le pays légal et dans le milieu social où se préparent les lois, où se discutent les affaires, les mandataires pacifiques et éclairés du prolétariat, pour apprendre d'eux les faits et préparer en commun les solutions, ne vous étonnez pas si des sinistres viennent de temps à autre troubler votre sérénité !

Milton Keynes UK
Ingram Content Group UK Ltd.
UKHW030615180324
439604UK00008B/1280